❋|SAUERLÄNDER

Lara Schützsack, geboren 1981 in Hamburg, studierte Germanistik, Allgemeine und Vergleichende Literaturwissenschaften sowie Amerikanische Literatur und Kultur an der Universität Potsdam. Es folgte ein Drehbuchstudium an der Deutschen Film- und Fernsehakademie Berlin. Lara Schützsack erhielt für ihr Debüt ›Und auch so bitterkalt‹ den *Ulla-Hahn-Autorenpreis 2014* sowie den *Oldenburger Kinder- und Jugendbuchpreis 2014*, außerdem 2019 den *Korbinian-Paul Maar-Preis für junge Talente* für ihr Kinderbuch ›Sonne, Moon und Sterne‹. Sie lebt und arbeitet als Autorin in Berlin.

Lara Schützsack

Derselbe Mond

✳ | SAUERLÄNDER

Erschienen bei FISCHER Sauerländer

© 2023 Fischer Kinder- und Jugendbuch Verlag GmbH,
Hedderichstr. 114, D-60596 Frankfurt am Main

Umschlaggestaltung: Dahlhaus & Blommel Media Design GmbH,
Illustration und Lettering von Regina Kehn
Satz: Pinkuin Satz und Datentechnik, Berlin
Druck und Bindung: GGP Media GmbH, Pößneck
Printed in Germany
ISBN 978-3-7373-5881-1

I

Ende August

Die Sommerferien sind vorbei, aber der Sommer macht einfach weiter.

Nach dem Unterricht hängen die *Coolen* aus unserer Stufe immer hier im Skaterpark ab, und deswegen findet Sofia, dass wir unbedingt *an der Pipe* sein müssen. Flip findet das auch. Zumindest sagt er nichts dagegen.

Wir sitzen also hier auf der Wiese herum, beobachten die anderen und lassen uns beobachten. Sofia blinzelt zur Skaterrampe rüber, zwirbelt eine ihrer dicken, dunkelbraunen Locken um ihren Finger, zieht eine Schnute und zwitschert irgendwas von *Likes* und *süß*, während Flip betont lässig dasitzt und es genießt, dass Yuna immer wieder zu ihm rüberschaut. Ich kenne Flip schon, seitdem er ein Jahr alt ist, und finde es total komisch, dass die Mädchen ihn neuerdings so anstarren. Als hätten sie seine Existenz überhaupt erst bemerkt, seitdem er zwölf ist, seine langen schwarzen Wimpern mit Wimperntusche schminkt, jeden Tag ein anderes T-Shirt mit Aufdruck trägt und sein schwarzes Haar jeden Abend mit Spülung wäscht, damit es schön glänzt. Als wäre er vorher unsichtbar gewesen, und jetzt ist er so mega sichtbar, dass sie gar nicht anders können, als mit ihren Blicken an ihm kleben zu bleiben.

Drüben fahren Felix und Elias aus der 6a jetzt die Rampe runter. Die beiden sind die Einzigen, die auf die Rampe gehen. Felix mit seinem Board und Elias mit seinem BMX-Rad. Der Parcours, das ist ihre Bühne. Und wir, die wir drum herum sitzen, ihr Publikum. Natürlich gucken alle, wenn sie da runterfahren.

Immer gucken alle, wenn der schöne Felix etwas macht. Weil er eben megasüß ist, sagt Sofia. Bis vor kurzem hat sie die Bezeichnung *megasüß* nur für Flips Wellensittiche Klick und Klack verwendet.

Irgendwann gegen Ende des letzten Schuljahres hat es angefangen. Die Sache mit Felix und das Abhängen im Park. Noch im Jahr davor waren Flip, Sofia und ich immer zusammen, also nur wir drei. Die meiste Zeit waren wir bei Sofia im Garten in unserem Baumhaus. Und dann ist alles anders geworden. Seit diesem Frühjahr interessiert Sofia sich nicht mehr für Wellensittiche und Baumhäuser. Sie interessiert sich für Jungs und den neusten Klatsch. Zum Beispiel dafür, dass es in der Parallelklasse ein echtes Liebespaar gibt. Die halten sogar Händchen, so, dass alle es sehen können. Ich finde, die beiden sehen überhaupt nicht aus wie ein Liebespaar, sondern wie zwei, die ein Liebespaar spielen. Sofia ist sich aber sicher, dass die sich schon einmal geküsst haben. So richtig mit Zunge. Sie ist neidisch deswegen. Nicht weil sie den Jungen gut findet, sondern einfach nur, weil sie auch schon mal einen Jungen geküsst haben möchte. Egal welchen. Hauptsache sie hat es getan. Damit sie weiß, wie das geht.

Jetzt beugt sie sich zu mir rüber und flüstert mir ins

Ohr: »Ich habe mir überlegt, ich will da richtig profi-
mäßig drin sein, also im Knutschen.«

War ja klar, dass es wieder ums Küssen geht.

»Andere wollen eine Eins in Deutsch, ich will eine im
Küssen.«

»Klar«, sage ich. »Verstehe ich.« Aber ich sage das nur,
um irgendwas zu sagen, denn eigentlich verstehe ich Sofia
in letzter Zeit gar nicht mehr. Ganz anders als früher, als
ich ihre Sätze zu Ende sprechen konnte. Jetzt weiß ich
häufig gar nicht, was ich antworten soll. Als ob Sofia und
ich auf einmal eine andere Sprache sprechen. Ich selbst
kann mir gar nicht vorstellen, einen Jungen zu küssen. Ich
bin im Kopf alle Jungs aus unserer Klasse durchgegangen
und habe mir ausgemalt, wie das wohl wäre, ganz nah vor
einem zu stehen, mich zu ihm vorzubeugen und dann …
Die Vorstellung ist eklig! Die haben bestimmt Müslireste
zwischen den Zähnen. Im Kindergarten haben Flip und
ich uns einmal geküsst. In der Höhle unter dem Kletter-
gerüst, aber das war ja etwas anderes, und ich weiß auch
gar nicht mehr genau, wie das war. Ich weiß nur noch,
dass es dunkel war und dass Flip nach Milch und Him-
beerzahnpasta geschmeckt hat.

»Du könntest das Küssen doch einfach mit Flip üben«,
schlage ich Sofia vor und denke im gleichen Moment, dass
das eine blöde Idee ist. Ich will gar nicht, dass Sofia und
Flip sich küssen. Ich fühle mich in letzter Zeit sowieso
schon ausgeschlossen, weil die beiden ständig zusammen
rumalbern und ich oft gar nicht verstehe, was jetzt gerade
so lustig ist.

»Gute Idee.« Sofia nickt und betrachtet Flip von der Seite. »Ist definitiv eine Option.«

Flip tut so, als würde er nicht mitbekommen, dass wir über ihn reden. Dabei bekommt er alles ganz genau mit. Ich würde Flip heute nicht mehr küssen. Ich finde es okay, meinen Kopf an seine Schulter zu legen oder hinten bei ihm auf dem Gepäckträger mitzufahren und die Arme um seine Hüfte zu legen. Aber das ist etwas anderes. Das würde ich ja auch bei einem Mädchen machen. Flip ist eben mein bester Freund.

»Kann ich Mathe bei dir abschreiben?«, fragt Sofia.

»Klar«, sage ich und wühle in meinem Rucksack nach dem Matheheft. Dabei rutscht der Flyer für den Schreibwettbewerb raus von dem unsere Deutschlehrerin, Frau Morgenstern, uns heute erzählt hat. Schnell schiebe ich ihn wieder in den Rucksack. Flip und Sofia sollen auf keinen Fall mitbekommen, dass ich überlege, da mitzumachen. Die beiden würden mich für völlig irre halten, wenn sie wüssten, dass ich Gedichte schreiben möchte.

»Guck mal da. Kennst du die?«, raunt Sofia jetzt und dreht meinen Kopf in Richtung Rampe. Da drüben steht ein Mädchen.

»Die habe ich noch nie gesehen«, schaltet Flip sich ein.

Ich habe das Mädchen auch noch nie gesehen. Sie sieht komisch aus. Weiße, völlig ungebräunte Beine, abgeschnittene Jeanshosen, die ihr bis zum Knie gehen, und ein schlabberiges rotes Sweatshirt. Das Auffallendste an ihr ist aber, dass sie blau gefärbte Haare hat. Taubenblau.

Ihre Haare sehen ziemlich struppig aus und gehen ihr bis zum Kinn. Anscheinend kennt sie hier niemanden.

Das würde ich nie machen, alleine hier hingehen, ohne dass ich weiß, dass Sofia und Flip auf mich warten. Wenn man sich dem Parcours nähert, dann starren einen die anderen nämlich alle an. Meine Beine werden dann immer so puddingmäßig, und ich habe das Gefühl, dass ich komisch gehe und blöd aussehe. Ich gucke dann immer schnell, wo Flip und Sofia sind, damit ich mich dazustellen oder ins Gras fallen lassen kann und das Starren aufhört. Die da drüben dagegen hält das Starren locker aus. Steht da einfach, in ihrem viel zu großen Sweater und den ausgefransten Shorts. Vielleicht findet sie es sogar gut, dass wir alle sie anschauen, oder sie merkt es gar nicht.

»Die sieht irgendwie räudig aus.«

Räudig ist Sofias neues Lieblingswort. Es beschreibt wirklich alles, was Sofia gerade nicht gefällt. Und das ist ziemlich viel. Das Klassenzimmer riecht räudig, der Pickel an Sofias Stirn ist räudig, Flips neue Hose ist es, der minikleine Marmeladenfleck an meinem T-Shirt. Eigentlich alles, was nicht megasüß ist. Bei Sofia gibt es in letzter Zeit gar nichts zwischen megaboring oder räudig und megasüß. Ich habe das Gefühl, dass ihr Leben seit dem Sommer nur noch aus fett gedruckten Überschriften besteht. Und wenn ich ihr ein Geheimnis anvertraue, etwas Leises, das nicht jeder wissen soll, dann kann es seit neuestem sein, dass Sofia es in voller Lautstärke in die Welt posaunt.

Die Blaue steht noch immer dort drüben und lässt ihren Blick in aller Ruhe über die Wiese wandern. Ob die wohl von hier ist? Die Stadt ist einerseits so groß, dass ich natürlich nicht alle Mädchen in meinem Alter kenne. Andererseits ist sie aber auch so klein, dass ich die auffälligen Mädchen von den anderen Schulen, also die, die irgendwie anders sind, schon irgendwann mal irgendwo gesehen und mir gemerkt habe. Und dieses Mädchen hier ist anders. Allein schon diese Haare. Ich lege bestimmt nicht so großen Wert auf das perfekte T-Shirt wie Flip, und ich gucke auch nicht in jeden Spiegel wie Sofia, aber so wie die Blaue würde ich dann auch nicht herumlaufen. Solche ausgefransten Jeans, die bis über das Knie gehen, und Schlabberpullis trägt wirklich niemand. Ist ja auch viel zu heiß heute für so einen Pulli. Jetzt macht sie ein paar Schritte auf die Rampe zu. Obwohl, Schritte sind das nicht, sie gleitet eher darauf zu. Das sieht seltsam aus, und jetzt sehe ich auch, woran das liegt. Sie trägt diese Turnschuhe mit Rollen in den Sohlen. Die waren irgendwann mal cool, aber jetzt trägt die keiner mehr. Die Schuhe rollen nicht nur, die Sohlen blinken dazu noch in allen möglichen Farben.

»Die sieht so kacke aus. Und dann noch Heelys. Die sind so räudig, die Teile«, bemerkt Sofia.

»Echt jetzt? Geht sie damit jetzt auf die Rampe?« Flip schiebt seinen Kopf an mir vorbei, um einen besseren Blick auf die Blaue zu haben. Und tatsächlich rollt das Mädchen jetzt auf die Skaterrampe zu, zieht sich auf das Podest hoch. Steht jetzt alleine da oben.

Die Blaue gleitet an den Rand des Podests und schaut auf die Betonwelle unter sich. Sieht so aus, als ob sie allen Ernstes da runterfahren will. Dann macht sie tatsächlich einen Schritt nach vorn und rollt in die Pipe. Besonders elegant oder lässig sieht es nicht aus, aber sie fällt auch nicht hin. Ganz unten kommt sie kurz ins Stolpern, fängt sich aber wieder und rollt dann aus, bis zum Ende der Betonfläche. Dort angekommen, bleibt sie einen Moment stehen. Sie dreht sich um, kneift die Augen zusammen und schaut rüber zu Felix und Elias, die zu ihr gucken und laut lachen.

»Was ist so witzig?« Die Stimme der Blauen ist dunkel und heiser. Sie starrt die beiden so lange an, bis sie aufhören zu lachen. »Also, was ist jetzt so witzig?«

Immer noch keine Antwort von Felix und Elias.

»Aber das, was ihr macht, ist cool, oder was?« Die Blaue geht aus der Pipe und setzt sich etwas abseits im Schneidersitz auf die Wiese. Sitzt da und reißt Grasbüschel aus dem Rasen.

Felix und Elias gucken zu ihr und tuscheln. Dann zieht Elias sich auf die Rampe. Ohne sein Board. Er stellt sich genauso wie die Blaue an den Rand und taumelt dann runter. Als er unten angekommen ist, stemmt er die Hände in die Hüften und sagt: »Was ist so witzig?« Er sagt es mit so einer hohen Piepsstimme. Dabei klang die Stimme der Blauen eben tiefer als die von Elias.

Ein paar Jungs und Mädchen, die auf der Wiese sitzen, kichern. Als Elias merkt, dass seine Darbietung gut ankommt, sagt er mit der Piepsstimme: »Aber was du machst, ist cool, oder was?« Dann schlägt er mit Felix ein, und die beiden lachen sich kaputt.

Die Blaue sitzt immer noch im Schneidersitz auf der

Wiese, vor ihr ein Berg von Grasbüscheln. Anstelle der Blauen würde ich aufstehen und gehen. Ich würde das nicht aushalten, dass Elias und Felix sich so über mich lustig machen. Sie aber bleibt stur da sitzen.

Jetzt klettert Felix auf die Rampe, lässt sich noch übertriebener als Elias die Pipe runterfallen, und unten angekommen piepst er: »Also, was ist jetzt so lustig?«

Wieder bekommen beide einen Lachanfall.

Die Blaue steht jetzt ganz langsam auf. Fast wie in Zeitlupe. Um sie herum ist jetzt so ein komisches Flirren, und ich habe das Gefühl, dass sie gleich etwas Schräges machen wird. Tut sie auch. Sie geht nämlich rüber zu Elias' BMX-Rad, das etwas abseits vom Parcours im Gras liegt, sie beugt sich runter, hebt es hoch, richtig hoch stemmt sie das Rad. So steht sie einen Moment, der mir wie eine Ewigkeit vorkommt. Dann lässt sie es donnernd auf den Rasen fallen.

»Spinnst du?«, schreit Elias und stürzt zu seinem Rad.

Die Blaue spuckt einmal vor sich auf den Boden und dreht sich um. Sie läuft, ohne sich noch einmal umzusehen, über die Wiese davon. Ich weiß nicht, wie ich das finden soll. Mutig oder einfach nur irre. Niemand hier würde sich trauen, Elias' heiliges Rad auch nur anzufassen, und sie donnert es auf den Boden.

Elias kniet neben seinem Rad wie neben einem verwundeten Tier. Sieht so aus, als ob er fast heult. Felix trabt zu ihm, beugt sich ebenfalls über das Rad.

»Bist du bekloppt? Du hast sein Rad kaputt gemacht!«, brüllt Felix der Blauen nach.

Die Blaue dreht sich nicht um, läuft mit hocherhobenem Kopf weiter über die Wiese. Hinten auf ihrem Sweatshirt, das kann ich jetzt sehen, befindet sich ein großer Print. Der Kopf einer Frau mit hochstehenden grellbunten Haaren. Der Kopf ist durchgestrichen. Von weitem sieht es fast so aus, als hätte sie den einfach mit einem Edding durchgestrichen. Das Sweatshirt sieht aus wie eine mit Graffiti beschmierte Wand. Eigentlich ganz cool. Besser als diese riesigen Markenlogos, die auf den Sweatshirts der meisten anderen hier prangen.

»Was war das denn?«, sagt Flip und schüttelt fassungslos den Kopf.

»Eklig. Die hat da hingespuckt. Die spinnt ja völlig! Die ist ja gefährlich«, sagt Sofia.

Die Blaue ist jetzt am Rand der Wiese angekommen. Anscheinend nimmt sie die Abkürzung am Spielplatz vorbei durch die Büsche. Diese Abkürzung führt direkt in den Fußgängertunnel zur Altstadt, die wenigsten kennen sie. So schlecht scheint sie sich hier in der Stadt also nicht auszukennen. Jetzt ist sie verschwunden.

Es dauert nicht lange, bis das Getuschel sich gelegt hat und alles wieder wie immer ist. Alle sind irgendwie beschäftigt mit Hausaufgaben abschreiben, quatschen oder aufs Handy gucken. Felix und Elias springen jetzt abwechselnd mit Felix' Brett von einem Betonklotz runter. Schön laut natürlich, sonst könnten wir ja vergessen, dass sie auch noch da sind. Elias' Fahrrad haben sie an die Rampe gelehnt. Es sieht einigermaßen unversehrt aus. Nur das neonfarbene Schutzblech hängt ganz schief runter.

»Was ist jetzt mit Mathe?«, frage ich Sofia.

»Zu müde.« Sofia winkt ab. Sie legt ihren Kopf auf ihre zusammengerollte Jacke und schließt die Augen. Sie hält noch kurz ihr Telefon hoch, macht ein Selfie von sich mit geschlossenen Augen, dann stellt sie sich schlafend, damit wir alle den Leberfleck auf ihrem linken Augenlid bewundern können. Auf den ist sie ziemlich stolz, weil der so besonders ist. Der Leberfleck ist mir egal. Ich beneide Sofia nicht um ihn.

Ich beneide die Blaue. Ich beneide sie darum, dass sie diesen von Sonne und Gerüchen aufgeheizten Ort einfach verlassen kann.

Keiner fragt sie, was sie macht, wo sie hingeht.

2

»Mann, Magdalena, bist du groß geworden!«

Kathi schüttelt ungläubig den Kopf, betrachtet mich von oben bis unten. Kathi arbeitet als Arzthelferin in Mamas Praxis, ich kenne sie schon, seit ich ein Baby war.

»Komm mal her«, sagt sie und läuft dann selbst rüber zu mir, drückt mich viel zu fest an sich. »So lange nicht gesehen, Süße.«

Ich bin froh, als sie mich wieder freilässt.

»Letztes Mal, als ich dich gesehen habe, warst du noch ein Mädchen!«

Das habe ich in letzter Zeit oft gehört. Dass ich plötzlich eine junge Frau bin. Es klingt immer so, als müsste ich mich darüber freuen und stolz sein. Als wäre ich vorher nur eine kleine hässliche Raupe gewesen und jetzt ein Schmetterling oder so was. Außerdem finde ich es unangenehm, so angeschaut zu werden. Ich schaue Kathi ja auch nicht von oben bis unten an, bleibe mit dem Blick an ihren grauen Haaren hängen und sage: »Mensch, Kathi, du bist aber alt geworden. Letztes Mal, als ich dich gesehen habe, warst du noch eine junge Frau!«

Schnell schlüpfe ich an Kathi vorbei hinter die Rezeption. Ich will mich gerade an der Süßigkeitenschublade bedienen, als mit einem lauten »Buh!« Arthur darunter hervorspringt. Arthur ist mein kleiner Bruder. Er ist gerade sieben geworden.

»Rate mal, Magdalena, rate mal, was heute passiert ist! Rate mal!« Er legt die Arme um mich (er darf das!), streckt mir das Gesicht entgegen und fletscht die Zähne. Ich weiß sofort, was das bedeutet. Darauf wartet Arthur schließlich, seitdem er eingeschult worden ist.

»Du wirst es nicht erraten!«, singt Arthur, und ich lege die Stirn in Falten und gebe vor, keine Ahnung zu haben. Ich finde Arthur so niedlich, besonders wenn er aufgeregt ist.

»Er wackelt«, platzt es jetzt aus Arthur raus, »der große vorne wackelt!« Und dann rüttelt er mit dem Finger an seinem Schneidezahn herum: »Guck! Guck!« Es tut sich gar nichts.

»Wahnsinn, ja, ich sehe es! Der wackelt ja unglaublich«, sage ich.

Arthur nickt triumphierend. »Ich glaube, er fällt heute noch raus. Und ich weiß auch schon ganz genau, was ich mir von der Zahnfee wünsche!«

»Also dann, Frau Ritter ... « Die Tür vom Behandlungszimmer geht auf, Mama tritt heraus, weiße Jeans, weißes T-Shirt, weiße Turnschuhe, die Hand auf der Schulter einer jungen Frau, die einen riesigen Bauch vor sich herträgt und abwesend lächelt.

»Vielleicht bis übermorgen. Und wenn nicht, toi, toi, toi!« Sie hebt den Daumen und schiebt die Frau sanft in Richtung Rezeption, wo Kathi ihr ein gelbes Heft aushändigt.

»Hallo, meine Süßen!« Ein Kuss landet auf meinem Kopf, einer auf Arthurs. »Wir können sofort los. Ich muss dringend an die Sonne.« Mama schlüpft in ihren hellblauen Mantel. Dann schnappt sie sich Schlüssel und Tasche.

»Ach Mara, warte mal!« Kathi grinst breit, als sie Mama ein kleines blaues Päckchen hinhält. »Ein Igor hat das hier für dich abgegeben.«

Igor? Was für ein Igor?, frage ich mich.

Mama jedenfalls hält bei dem Namen *Igor* mitten in ihrer Bewegung inne. Freeze. Ein Leuchten huscht über ihr Gesicht. Ganz kurz nur, aber nicht zu übersehen. Dann fängt sie sich wieder, schnappt das kleine blaue Ding und lässt es schnell in ihrer Manteltasche verschwinden.

»Welcher Igor?«, krakeelt Arthur. »Ich will auch ein Geschenk von dem!«

Mama lächelt nur. Soweit ich weiß, kennt Mama niemanden, der Igor heißt. Und seit wann geben Unbekannte in der Praxis Geschenke für sie ab? Schließlich ist weder Ostern noch Weihnachten, und Mama hat auch noch lange nicht Geburtstag. Und dann dieses Grinsen von Kathi. Ich fühle eine leichte Übelkeit hochkommen. Aber wer weiß, vielleicht ist Igor nur ein Kollege. Wahrscheinlich. Einfach nicht mehr dran denken, die Übelkeit runterschlucken.

»Tschüs, Kathi, dann bis morgen.« Ein letzter prüfender Blick ins leere Wartezimmer, dann rauscht Mama mit wehendem Mantel aus der Tür. Wir hinterher. Kurz Kathi winken, die uns Kusshände zuwirft, dann sind wir draußen.

Auf dem Weg nach Hause noch schnell in den Supermarkt um die Ecke gehen, mal wieder viel zu viel einkaufen und die schweren Tüten schnaufend nach Hause schleppen.

»Bin ich froh, wenn ich endlich diesen kack Schein habe. Dann fahre ich nur noch mit dem Auto zum Einkaufen«, stöhnt Mama und meint mit *kack Schein* den Führerschein. Sie ist seit ein paar Monaten dabei, ihn zu machen. Nachdem sie fast vierzig Jahre ohne gelebt hat, gibt es für sie auf einmal nichts Wichtigeres.

Angefangen hat die ganze Sache mit dem Führerschein, als Papa von zu Hause ausgezogen ist. Ich erinnere mich, dass es an dem Tag gehagelt hat, und dass neben dem Umzugswagen ein Krokus stand. Ganz einsam direkt neben dem dreckverschmierten Reifen des Transporters. Es war der erste Krokus, den ich in diesem Jahr gesehen habe, und er sah ziemlich verloren aus. Deswegen habe ich ihn mir gemerkt. Seit dem Tag kaufen Mama und Papa getrennt ein, und Mama muss alles zu Fuß besorgen. Und Arthur und ich, wir haben zwei Zuhause. Eines bei Mama in der alten Wohnung und eines bei Papa. Zwei Zuhause zu haben, zwischen den Eltern hin und her zu wechseln, ist so, als ob man unter der Dusche ständig von heiß auf kalt und wieder zurückstellt.

»*Kack* sagt man gar nicht, Mama! Und Autos sind schlecht für die Natur«, meckert Arthur. »Und die schweren Tüten sind schlecht für meinen Rücken. Du kannst mir gerne eine abnehmen«, kontert Mama.

Arthur antwortet nicht mehr. Stattdessen fummelt er schon wieder an seinem Zahn herum.

Zu Hause kippt Mama leise summend zwei Dosen in einen großen Topf. Der Geruch nach Ravioli in Tomatensoße zieht durch die Wohnung.

»Mama, wir essen das jeden Tag. Seit mindestens einer Woche. Das ist echt ungesund«, sage ich.

»Ach, Quatsch, da ist eine Menge Gemüse drin.« Mama fischt eine leere Dose aus dem Mülleimer hervor und betrachtet eingehend die Zutatenliste. »Sellerie, Tomaten, Möhren, Erbsen«, liest sie vor und lässt die Dose wieder in den Eimer fallen, »die sind tipptopp!«

Ich mag Ravioli eigentlich schon, aber jeden Tag dasselbe essen, also ich kann mir nicht vorstellen, dass das so gut ist. Ich frage mich manchmal wirklich, was man in einem Medizinstudium so über Ernährung lernt.

»Dosen sind auch schlecht für die Umwelt. Papa kocht immer mit frischem Gemüse«, merkt Arthur an.

»Ach ja?«

Arthur nickt.

»Ich habe nach acht Stunden Arbeit wirklich nicht mehr die Kraft, hier groß zu kochen. Tut mir leid. Schön, wenn euer Vater das kann.« Mama klingt jetzt eingeschnappt, gar nicht so, als ob es ihr leidtäte. »Ihr könnt gerne auch mal etwas kochen, wenn euch mein Essen nicht mehr ausreicht.«

Euer Vater, das sagt Mama jetzt oft. Als ob sie extra betonen muss, dass Papa seit der Trennung nur noch zu mir und Arthur und nicht mehr zu ihr gehört. Selbst wenn sie seinen Namen sagt, klingt es immer ein bisschen, als würde sie den nur noch mit Handschuhen anfassen. Und manchmal klingt es dazu noch so spitz, dass es mir richtig weh tut im Ohr und auch im Bauch. Jetzt starrt sie in den Kochtopf, als gäbe es da außer Ravioli etwas Spannendes zu entdecken.

»Mama, ich habe eine Idee!«, sagt Arthur später beim Essen. Seine Augen leuchten.

Mama nickt, aber sie schweigt. Sie schaufelt, zack, zack, die Ravioli in sich rein, schiebt dann den leeren Teller von sich weg, verschränkt die Arme und strahlt plötzlich wieder. »Arthuri, deine Ideen sind immer großartig. Schieß los!«

Eins muss man ihr lassen: Sie ist nie lange beleidigt. Überhaupt ist sie nie lange in irgendeiner Stimmung. Mamas Launen sind ungefähr so beständig wie die Wackelbilder, die Arthur so liebt. Gute Laune. Schlechte Laune. Gute Laune. Schlechte Laune. Ich komme da manchmal gar nicht mit. Es ist echt anstrengend, sich auf jede dieser Stimmungen einzustellen.

»Papa könnte doch wieder für uns kochen. Hier bei uns! Dann kannst du dich nach dem Arbeiten ausruhen«, sagt Arthur.

Eigentlich gar keine schlechte Idee, denke ich. Aber im Gegensatz zu Arthur weiß ich natürlich schon, was Mamas Antwort sein wird.

»Nein. Das könnte er nicht.« Mama antwortet ein wenig verzögert, aber scharf. Ihre Laune ist innerhalb von zwei Sekunden schon wieder gekippt. Das Leuchten in Arthurs Augen weicht einem Schatten. Armer Arthur.

»Warum nicht?« Seine Stimme klingt weinerlich.

»Weil Johannes in seiner Wohnung kocht und ich in meiner. Johannes bestimmt dort die Regeln und ich hier. So ist das jetzt. Das habe ich euch doch schon so oft erklärt.«

»Das ist nicht nur *deine* Wohnung!«, protestiere ich, weil ich das Gefühl habe, dass Arthur meine Unterstützung braucht.

»Okay, unsere Wohnung. Aber es ist nicht mehr Johannes' Wohnung. Verstehst du, was ich meine, Arthur?« Mamas Stimme klingt jetzt weicher, und sie schaut Arthur in die Augen. »Wir sind jetzt nicht mehr *eine* Familie.«

»Und was sind wir dann?«, schnieft Arthur.

»Na, wir sind jetzt zwei Familien.«

»Aber wenn man eine Familie teilt, kommen ja nicht zwei Familien dabei heraus. Allerhöchstens zwei halbe.« Arthur springt auf, und dabei fällt der Stuhl um.

»Und übrigens falls es dich interessiert: Mein Zahn fällt bald raus, und dann wünsche ich mir von der Zahnfee meinen Papa zurück in die Wohnung! Nur damit du es weißt!«

Er stampft lautstark aus der Küche. Die Tür seines Zimmers fällt krachend hinter ihm ins Schloss. Ich will hinter ihm hergehen und ihn trösten, aber irgendwie habe ich auch das Gefühl, dass ich bei Mama bleiben muss, und deswegen bleibe ich sitzen. Mama seufzt. Gemeinsam räumen wir den Tisch ab. Weil keiner von uns etwas sagt, schalte ich das Radio an. Irgendeine Sendung über Bücher. Die Stimme der Moderatorin hat etwas Beruhigendes an sich, wie sie so aus dem Lautsprecher rieselt und sich über das Schweigen legt. Ein bisschen wie erster Schnee. Und das ist komisch, weil Schnee ja leise ist und die Stimme aus dem Radio laut. Aber manchmal ist das Gegenteil voneinander das Gleiche.

3

Frau Morgenstern sitzt vorne auf dem Lehrertisch. Wie immer trägt sie ihre schwarze Biker-Lederjacke. Ob sie die jemals auszieht? Hier in der Schule auf jeden Fall nicht. Hier trägt sie sie wie eine Rüstung. In der Hand hält Frau Morgenstern ein Buch. Ihre Stimme klingt heiser, als sie daraus vorliest. Rumoren in der Klasse. Mehr als in jeder anderen Stunde werden im Deutschunterricht, wenn Frau Morgenstern vorliest, Stühle auf dem Boden herumgerückt. Irgendwo wird immer gekichert. Wenn Frau Morgenstern Gedichte vorliest, entsteht immer so eine ganz bestimmte Stimmung in der Klasse. Eine Stimmung irgendwo zwischen lustig, andächtig und peinlich. So kicher-peinlich. Beim Lesen schließt Frau Morgenstern manchmal die Augen, spricht dabei ohne Pause weiter. Als müsse sie den Text gar nicht ablesen, als wäre er tief in ihr drin, und sie müsse nur in sich hineinhören. Wenn sie die Augen dann wieder öffnet, dann flattern ihre Lider ganz kurz wie die Flügel eines Vogels, und es dauert einen Moment, bis sie wieder ganz da ist. Sofia ist das mit den Augen natürlich auch schon aufgefallen. Die Schwächen oder Tics der anderen entgehen ihr nie. Sie nennt es den *Morgensternchen-Tic*, macht es ständig nach, und Flip kichert dann übertrieben laut. Als ob das so komisch wäre.

Sollen die doch lieber über ihre eigenen Tics lachen. Flip zum Beispiel räuspert sich seit neuestem ständig, wenn Mädchen in der Nähe sind. Und dass Sofia, wenn sie sich konzentrieren muss, automatisch eine Haarsträhne in den Mund nimmt und darauf herumkaut, ist ja wohl auch nicht ganz normal. Jetzt gerade bekommt Sofia die geschlossenen Augen von Frau Morgenstern aber gar nicht mit, weil sie so mit Zettelschreiben beschäftigt ist.

Flip schiebt mir den Zettel von Sofia rüber. Flip ist das, was Sofia einen *verdammten Streber* nennt. Man könnte auch einfach sagen, Flip passt im Unterricht immer gut auf. Auf jeden Fall ist er deswegen raus aus der Zettelnummer. Er betätigt sich lediglich als Zettelweitergeber und das auch nur sehr widerwillig. Ich bin eigentlich auch kein Zettelfan. Zumindest nicht im Deutschunterricht. Schon gar nicht, seitdem wir Frau Morgenstern als Lehrerin haben und über Gedichte sprechen. Seitdem will ich in Deutsch nichts verpassen. Keine einzige Sekunde. Ich möchte alles über Gedichte wissen. Ich weiß nur nicht, wie ich das Sofia verklickern soll, ohne dass ich auch als Streberin dastehe.

Auf dem Zettel steht:

Was fändest du schlimmer: Iven zu küssen oder bei Benjamin einen von den dicken Eiterpickeln auszudrücken?

Sofia grinst mir zu und verdreht die Augen. Ich falte den Zettel schnell zusammen und schiebe ihn unter meine Federtasche, bevor Frau Morgenstern ihn sieht. Dann ziehe ich ihn wieder hervor, tue Sofia den Gefallen und setze ein kleines Kreuz. Eigentlich ist es egal, wo. Ich finde beides richtig eklig. Aber Sofia wäre enttäuscht, wenn ich ihr nicht antworten würde. Sie liebt dieses Spiel. Kaum hat sie meine Antwort gelesen, schiebt mir Flip schon den nächsten Zettel weiter.

Was fändest du ekliger, Robert oder Leo nackt zu sehen?!?

Und dann der nächste:

Nach der Schule an die Pipe? Ja. Nein.

Ich tue so, als würde ich ernsthaft überlegen. Dann kreuze ich *nein* an. Ich habe heute wirklich keine Lust auf die Pipe, und außerdem habe ich Mama versprochen, heute Nachmittag mal zu Hause zu sein. Mama hat sonst das Gefühl, dass sie mich gar nicht mehr sieht.

»Entweder du bist bei Papa oder, wenn du hier bist, bist du ständig im Park. Ich sehe dich ja kaum«, hat sie gestern gesagt.

Tja, so ist das eben, wenn man die eigenen Kinder durch zwei teilt. Das hättet ihr euch ja auch vorher überlegen können. Das hätte ich ihr gerne geantwortet. Habe ich aber nicht gemacht. Dann wäre Mama erst beleidigt und dann traurig gewesen, und das kann ich auch nicht ertragen. Ich lasse den Zettel zurück zu Sofia gehen, die öffnet ihn und verdreht die Augen. Sie formt mit den Lippen erst ein *Bitte* und dann einen Kussmund, legt die Handflächen aneinander, das soll heißen: Ich flehe dich an. Warum eigentlich? Schließlich bedeutet *an der Pipe abhängen* doch eh nur, die anderen zu beobachten und den neusten Klatsch auszutauschen. Und der neuste

Klatsch ist nie wirklich neu. Es ist immer das Gleiche: Der ist in die verliebt, die hat den geknutscht, der hat dem eine krasse Nachricht geschickt. Namen austauschbar. Meistens rede ich gar nicht wirklich mit, wenn Flip und Sofia sich darüber unterhalten. Ich sitze nur daneben und höre zu. Ob ich heute dabei bin oder nicht, ist eigentlich egal.

Ob Frau Morgenstern heute noch einmal fragt, wer bei diesem Schreibwettbewerb mitmachen möchte? Wie schön wäre es, überlege ich, wenn Frau Morgenstern mir heimlich einen Zettel schreiben würde. Da würde draufstehen:

Liebe Magdalena, mir ist aufgefallen, dass du die Einzige in der Klasse bist, die sich wirklich für Gedichte interessiert. Möchtest du beim Schreibwettbewerb mitmachen? Bitte ankreuzen:
☐ *Ja*
☐ *Nein*

Natürlich würde ich *ja* ankreuzen, und dann würde ich Frau Morgenstern fragen, wie es sein kann, dass man mit Wörtern Orte entstehen lassen kann. Orte, die sich manchmal mehr nach zu Hause anfühlen als die, an denen wir tatsächlich leben.

Nach der Schule sitze ich auf dem dicken Perserteppich bei uns im Wohnzimmer und weiß nicht, was ich machen soll. Arthur sitzt neben mir und schreibt einen Brief an die Zahnfee. Ich finde es rührend, wie er sich mit den krakeligen Buchstaben abmüht, den Mund halb offen, weil er so konzentriert ist.

Mama rennt durch die Wohnung, hängt Wäsche auf, guckt Post durch, und dann fängt sie an, die Handtücher in der Küche neu zu falten. Erst tönt sie groß rum, dass sie Zeit mit mir verbringen will, und dann ist sie die ganze Zeit beschäftigt. Mann.

In der Küche klingelt jetzt auch noch ihr Handy. Mama ist sofort dran und zwitschert los. Über irgendwas hat sie sich voll gefreut, sagt sie. Dann lacht sie laut und flötet: »Bis gleiiich!«, und ich denke kurz, dass Papa am Telefon war. Aber das ist natürlich Quatsch. So lacht Mama nicht, wenn sie mit Papa telefoniert. Also, nicht mehr. Ich kann mich nicht mehr erinnern, ob sie früher so gelacht hat. Eigentlich will ich mich auch gar nicht daran erinnern. Dinge die man geliebt hat und die nicht mehr so sind, sollte man einfach vergessen, sonst fühlen sie sich an wie ein Loch. Ein Loch, in das man ständig wieder reinfällt. Jetzt auf jeden Fall flattert Mama gutgelaunt am Wohnzimmer vorbei ins Bad, hantiert dort mit Bürste, Rouge und Deodorant herum, flattert vor den Flurspiegel und trägt himbeerroten Lippenstift auf, kichert dabei leise.

»Wieso *bis gleich*?«, erkundige ich mich. Ich will das eigentlich gar nicht fragen. Es bricht einfach aus mir heraus.

Mama flattert zurück ins Bad, steckt den Kopf durch die Tür: »Was ist *bis gleich*, meine Süße?«

»Du meintest doch am Telefon gerade *bis gleiiich*.« Es hört sich gereizter an als beabsichtigt.

»Ach so, ja, ich geh bei *Gianni* einen Kaffee trinken.«

»Mit Papa?« Arthurs Stimme klingt hoffnungsvoll.

»Nein, natürlich nicht mit Papa.«

»Mit wem dann?«

»Freund von mir. Kennt ihr nicht.«

»Noch nicht«, denke ich.

»Wie bitte?«

Ich habe gar nicht gemerkt, dass ich das gerade laut gesagt habe. Aber Mama schaut mich fragend an.

»Nichts«, nuschle ich.

»Okay, ihr Süßen. Bin nur kurz weg. Wenn etwas ist, ruft ihr mich an, okay? Bis später!« Schon flattert Mama aus der Wohnung, nur um eine Sekunde später den Kopf wieder reinzustecken. »Das Wetter ist doch so toll. Kauft euch doch in der Zeit ein Eis.« Sie fummelt einen 20-Euro-Schein aus ihrem Geldbeutel und drückt ihn mir in die Hand. »Ich habe es gerade nicht kleiner.«

Erst freue ich mich. Zwanzig Euro! Das reicht theoretisch für acht Kugeln Eis für jeden. Dann aber kommt mir der Gedanke, dass Mama mir vielleicht einfach nur deswegen zwanzig Euro in die Hand drückt, weil sie will, dass ich Arthur möglichst lange beschäftige, damit sie draußen weiter Mit-wem-auch-immer so laut lachen kann, und wir bloß nicht auf die Idee kommen, sie anzurufen oder etwa bei *Gianni* vorbeizugehen. Der Gedanke macht mich wütend. Ich balle meine Hand zu einer Faust, so dass der Schein darin ganz knitterig wird.

Durch die glühende Septemberhitze zum Eisladen trotten. Arthur immer einen Schritt hinter mir. Vor dem Eisladen geht die Schlange weit über den Bürgersteig. Ich kenne fast alle Leute, die anstehen. Aus der Schule, dem Kindergarten, der Musikschule oder einfach nur vom Sehen aus der Bibliothek, von den Spielplätzen und Parkanlagen. An Tagen wie heute fühlt sich diese kleine Stadt an wie ein zu eng gestricktes Kleidungsstück.

Ich bestelle Zimt, Erdbeer-Minze und Keks. Arthur bestellt dreimal Himmelblau. Mit Sahne und bunten Streuseln. Bei dem Anblick der drei blauen Kugeln muss ich an das Mädchen von gestern denken. An das komisch verwaschene Blau ihrer Haare. Ich glaube, ich würde sie gerne wiedersehen. Ich weiß auch nicht, warum. Vielleicht weil sie anders ist.

Zurück gehe ich einen kleinen Umweg, an *Gianni* vorbei. Mal gucken, ob Mama noch dort ist und vor allem: mit wem. Arthur merkt gar nicht, dass wir nicht den direkten Weg nach Hause nehmen, so beschäftigt, so zufrieden ist er mit seinem Eis. Bei *Gianni* angekommen, ist Mama nirgendwo zu sehen. Die meisten Tische stehen inzwischen im Schatten. Trotzdem sind alle, bis auf einen, besetzt. Auf dem leeren Tisch liegt neben zwei leeren Cappuccinotassen noch das Trinkgeld. Bestimmt saßen genau dort vor ein paar Minuten noch Mama und dieser Igor. So wie dort vor einiger Zeit noch Mama und Papa saßen.

»Meinst du, Papa zieht irgendwann wieder bei uns ein?«, fragt Arthur plötzlich.

Er starrt zu dem leeren Tisch, während er an seiner letzten Kugel Himmelblau leckt. Vielleicht weil wir im gleichen Bauch entstanden und gewachsen sind, das gleiche Rauschen gehört, die gleichen Hände durch die Bauchdecke gespürt haben. Vielleicht sind seine Gedanken deswegen oft mit meinen verbunden.

Ich denke an die Winterjacke von Papa, die noch bei uns an der Garderobe hängt. In meiner Erinnerung hat Papa im Winter nie eine andere getragen. Solange diese Jacke bei uns an der Garderobe hängt, denke ich, ist es nicht völlig ausgeschlossen, dass er wiederkommt, wenn es kalt wird.

»Glaubst du das, Magdalena?« Arthur schiebt seine Hand in meine und sieht mich lang an. Zu lange. So lange, dass ich weggucken muss.

»Weiß nicht. Kann sein«, sage ich, drücke kurz seine Hand und lasse sie dann los. Ich will nicht, dass er weint. Aber mir fällt nichts ein, womit ich ihn wirklich trösten könnte. Aus den Augenwinkeln sehe ich, wie er stumm den Kopf schüttelt. Er zieht die Nase hoch und kickt einen kleinen Stein gegen das Auto neben uns. Dann setzt er sich in Bewegung, trottet vor mir her, in Richtung Zuhause, den Blick nach unten. Sein Eis tropft aus der Waffel auf den Asphalt. Himmelblau. Als ob der Himmel auf den Boden fällt.

»Lass mich los!«

Im Schatten der kleinen Gasse, in die wir jetzt einbiegen, steht die Blaue. Seltsam, wo ich doch gerade an sie gedacht habe. Sie wird von Elias und Felix festgehalten.

»Du hast mein Rad kaputt gemacht. So ein neues

Schutzblech kostet bestimmt zwanzig Euro. Und das Geld will ich jetzt von dir haben«, schreit Felix sie an.

»Ich habe dein scheiß Rad nicht kaputt gemacht! So ein Ding geht doch nicht kaputt, nur weil man es einmal fallen lässt«, faucht die Blaue.

»Loslassen! Sofort loslassen!«, ruft Arthur. »Das ist nicht fair, zwei gegen eine!«

Felix lässt die Blaue sofort los. Er wird ganz rot im Gesicht. Elias dagegen hält die Blaue immer noch fest.

»Ich habe das kack Geld nicht«, sagt sie und versucht, sich loszumachen.

»Dann musst du es eben besorgen«, sagt Elias.

»Ich kann dir Geld geben«, sage ich. Ich fummle in meiner Tasche herum, mit zitternder Hand ziehe ich Münzen und einen Schein raus, alles, was wir beim Eisladen zurückbekommen haben, und halte sie Felix hin.

Elias lässt die Blaue los und nimmt mir das Geld aus der Hand. »Okay«, sagt er. »Und wehe, du fasst noch einmal mein Rad an«, sagt er zur Blauen, macht einen Schritt auf sie zu und sieht sie drohend an.

Felix wirft mir einen Blick zu und schiebt dann Elias weg. »Komm jetzt«, sagt er.

Und dann ziehen sie ab. Laufen die kleine Gasse hinunter in Richtung Rathaus.

»Na, danke!«, sagt die Blaue.

»Bitte!«, sagt Arthur, nicht ohne Stolz.

»Ich wollte denen das scheiß Geld gar nicht geben!«, sagt die Blaue und funkelt mich wütend an.

Die spinnt echt. Jetzt helfe ich ihr aus der Klemme, und

sie motzt mich an? Das ist ja völlig verrückt. Die müsste sich doch bei mir bedanken. Ich bin so baff, dass ich gar nichts sage.

»Meine Schwester hat dir doch nur geholfen!«, empört sich Arthur.

Die Blaue schaut mich mit zusammengezogenen Augenbrauen an.

»Ich kenne dich«, sagt sie jetzt.

Ich sage immer noch nichts.

»Du warst doch auch da an der Rampe.«

»Ja?«, sage ich jetzt und tue ganz erstaunt. Gelingt mir so mittelgut.

»Ja! Mit einem Jungen mit langen schwarzen Haaren und einem anderen Mädchen.«

»Keine Ahnung«, murmle ich. Lügen ist nicht wirklich meine Stärke. Ich habe immer das Gefühl, dass jede kleine Lüge für alle sichtbar in meinem Gesicht abzulesen ist. Als ob sich mein Gesicht verfärbt, so wie das Wasser in manchen Schwimmbädern sich verfärbt, wenn man reinpinkelt. Vielleicht ist das aber auch nur ein Gerücht, also das mit dem Wasser, das sich verfärbt.

»Auf jeden Fall. Ich kann mich genau an dich erinnern.« Die Blaue schaut mich prüfend an.

Ich gucke auf den Boden. Wegen der möglichen Lügenfarbe im Gesicht. Irgendwie fühle ich mich auch geschmeichelt, dass die Blaue sich an mich erinnert. Eine Gruppe Touristen biegt in die Gasse und läuft an uns vorbei. Die Luft ist auf einmal erfüllt von ihrem aufgeregten Geplauder.

Als es wieder ruhig ist, sagt die Blaue: »Also habe ich das Fahrrad kaputt gemacht oder nicht?« Auf einmal klingt sie unsicher.

»Denke schon«, sage ich. »Sah so aus.«

Die Blaue starrt auf den Boden. »Scheiße, scheiße«, sagt sie leise, kaum hörbar, und mehr zu sich selbst. Dann guckt sie wieder hoch.

»Gibst du mir deine Nummer?«, sagt die Blaue »Dann rufe ich dich an, wenn ich das blöde Geld hab.« Und dann zieht sie einen kleinen Filzstift aus ihrer hinteren Hosentasche und hält mir ihren nackten Unterarm hin.

Abends hole ich das Heft mit dem Mädchen vorne drauf aus meiner Schreibtischschublade. Das Mädchen wird von einem Bären umarmt. Es sieht ziemlich glücklich aus zwischen den großen Tatzen. Mama hat mir das Heft geschenkt, kurz nachdem Papa ausgezogen ist.

»Ich dachte, das würde sich doch toll für dich als Tagebuch eignen«, hat sie gesagt und mich prüfend angeschaut.

Und nach einer unendlich langen Stille, nachdem ich endlich verstanden hatte, dass das eine Frage war und Mama auf meine Antwort wartet, habe ich gesagt: »Ja. Bestimmt.«

Mama hat ganz zufrieden ausgesehen. »Ich habe früher auch Tagebuch geschrieben, und das hat mir immer richtig gutgetan. War irgendwie wie aufräumen. Also aufräumen in mir drinnen.«

Ich habe genickt und versucht zu lächeln, obwohl mir

nicht nach Lächeln war und ich mir auch überhaupt nicht vorstellen konnte, was ich da reinschreiben soll in so ein Tagebuch. Ich habe das Heft aufgeschlagen und extra für Mama ein bisschen darin geblättert. Die weißen Seiten kamen mir leer und bedrohlich vor. Eigentlich schreibt man in so ein Tagebuch ja so Sachen rein wie:

Liebes Tagebuch, ich erzähl das nur dir. Ich bin verliebt!

Ich hätte nur reinschreiben können:

Liebes Tagebuch, vor drei Wochen ist Papa ausgezogen, und seitdem ist alles grau und schwer, und ich muss mich voll konzentrieren, damit ich nicht ständig anfange zu weinen, weil ich so traurig darüber bin.

Später, als Mama nicht mehr im Zimmer war, habe ich das Heft ganz unten in die Schublade gestopft. Für irgendwann einmal in ferner Zukunft, wenn alles wieder hell wäre und ich solche Dinge reinschreiben würde wie *Liebes Tagebuch, ich erzähl das nur dir. Ich bin verliebt!*

Manchmal wäre ich gern so eine Tochter, die Tagebuch schreibt. Mama zuliebe. Weil sie so ein Mädchen war. Aber manchmal bin ich auch richtig sauer, weil ich das Gefühl habe, dass Mama nicht sehen kann, wie ich wirklich bin. Dass ich anders bin als sie.

Vor ein paar Tagen habe ich das Heft dann doch wieder

aus der Schublade gezogen. Vielleicht, habe ich gedacht, können Wörter wie Bären sein. Vielleicht können Wörter einen beschützen und trösten. In goldener Schreibschrift habe ich *Gedichte* auf das Heft geschrieben, direkt über das Mädchen und den Bären.

Als es jetzt an meiner Zimmertür klopft, stopfe ich das Heft schnell in den Rucksack, irgendwo zwischen die Bücher, die ich unbedingt in die Bibliothek zurückbringen muss. Dann beuge ich mich über mein Matheheft und tue so, als müsse ich noch Aufgaben machen. Ich habe keine Lust auf Mamas besorgten Blick und die komischen Fragen, die sie seit der Trennung ständig stellt. Ob alles okay ist mit mir? Ob es mir gut geht? Einmal, kurz nachdem Papa ausgezogen ist, bin ich richtig wütend geworden wegen dieser Fragerei. Ich habe Mama angeschrien, dass nichts okay ist und dass unser Zuhause ohne Papa für mich kein Zuhause mehr ist. Dass ich finde, dass es keinen Platz für mich und für Arthur gibt in all diesem Hin und Her. Es ist einfach so aus mir herausgebrochen. Aber es hat sich nicht schlecht angefühlt. Es hat sich passend angefühlt. Ich hätte mir gewünscht, dass Mama das Schreien versteht. Das sie ruhig bleibt und mir verspricht, dass alles besser werden wird. Stattdessen hat sie angefangen zu weinen. Sie hat geschluchzt, dass sie doch alles tut und immer ist es irgendwie zu wenig. Nie ist es genug, damit alle glücklich sind. Die ganze Wut ist in mir zusammengefallen. Ich habe mich gar nicht mehr nach Schreien gefühlt, sondern ganz leer und schlecht, weil ich Mama so angebrüllt hatte. Plötzlich hatte ich das Gefühl, dass ich Mama trösten muss. Dabei war ich doch diejenige gewesen, die traurig war.

Deswegen sage ich jetzt immer, dass alles gut ist. Dass es mir gut geht. Das ist einfacher, als die Wahrheit zu sagen.

4

Seit Wochen schon sagen Mama und Papa, dass sie jetzt mal einen Plan machen wollen. Einen Plan, auf dem man lange im Voraus sehen kann, wann Arthur und ich bei Mama und wann wir bei Papa sind. Doch bis heute gibt es keinen solchen Plan. Stattdessen telefonieren die beiden jede Woche miteinander, gleichen stundenlang ihre Terminkalender ab und entscheiden dann immer ganz kurzfristig, wann wir wo sind. Das nervt! Es kann immer sein, dass Mama auf einmal sagt, heute Abend geht's zu Papa. Und dann muss ich schnell meine ganzen Sachen einpacken und genau überlegen, was ich in den nächsten Tagen brauche. Und natürlich liegt mein Badezeug dann bei Mama, wenn ich bei Papa spätabends feststelle, dass morgen Schwimmunterricht ist, und richtig Pläne kann ich eh nicht machen, weil ich nie weiß, wann ich wo bin. Voll stressig. Ohne feste Zeiten können sie uns einfach immer wie einen Ball hin- und herspielen. Wie es ihnen gerade in den Kram passt. Ungerecht ist es auch. Die könnten sich ja auch nach Arthur und meinen Plänen richten, nicht immer nur wir nach ihren. Dass sie das mit dem regelmäßigen Wechsel nicht hinbekommen, liegt laut Mama an Papas Arbeitszeiten und laut Papa an Mamas Natur: ihrem völligen Chaos und Planungsunwillen. Seit der Trennung liegt eigentlich alles, was schiefläuft, am jeweils anderen. Dabei predigen die beiden immer, dass man die Schuld nicht auf andere schieben soll.

Dieses Wochenende sind wir bei Papa. Papa ist mit Arthur beim Ballett. Ich bin allein zu Hause. Obwohl Papa jetzt schon ein paar Monate in der neuen Wohnung wohnt und sich wirklich große Mühe gibt, alles gemütlich zu machen, kommt es mir hier immer noch seltsam fremd vor. Wenn es wenigstens regnen würde, dann wäre es einfacher, alleine in der Wohnung zu sitzen. Dann könnte ich mich gemütlich in irgendeine Ecke kuscheln und lesen. Nur leider scheint draußen schon wieder die Sonne, kriecht durch die Fenster in die Wohnung und in meinen Körper und verbreitet eine Unruhe, die in den Armen und Beinen prickelt wie Brausepulver.

Ich würde jetzt sogar freiwillig zur Pipe gehen, nur um irgendwas zu tun. Aber heute haben sich Sofia und Flip zum Shoppen verabredet. Ohne zu fragen, ob ich mitkommen will! Ich weiß auch genau, warum. Letztes Mal, als wir zusammen einkaufen waren, hat Sofia einen Glitzer-BH im Kaufhaus geklaut. Sie wollte unbedingt, dass ich den gleichen klaue. Damit wir den BH im Partnerlook anziehen können. Ich hatte aber keine Lust mitzumachen. So einen blöden Glitzer-BH brauche ich nicht, und klauen wollte ich den schon gar nicht. Bestimmt finden Sofia und Flip jetzt, dass ich eine Spielverderberin bin. Was soll's. Warum sollte ich einen BH klauen, wenn es da oben bei mir eh nicht so viel zum Halten gibt? Nur im Sportunterricht trage ich so einen BH. Und auch nur, weil Sofia das voll räudig findet, wenn die Mädchen beim Sport keinen BH tragen und man die Brüste unter dem T-Shirt hüpfen sieht. Trotzdem rufe ich Sofia jetzt auf dem Handy an.

»Magdalena! Warte mal«, flüstert Sofia. »Wir sind gerade in der Kabine, und Flip zieht so ein beklopptes Spitzenkleid an. Flippi, das sieht so scheiße aus, Mann!« Sie kichert.

Flip liebt es, Kleider anzuziehen. Er kann auch perfekt in Stöckelschuhen rumlaufen. Als Kind ist Flip immer in den Schuhen von seiner Mutter durch die Wohnung getippelt. Das war so eine Art geheimes Spiel von ihm. Nur ich durfte dabei sein.

»O nee, komm, Flippi, das sieht so cool aus!« Dann schreit sie auf: »Scheiße, da kommt jemand!«

Ich höre die Stimme einer Frau im Hintergrund, und dann werde ich einfach weggedrückt. Toll. Ich gehe überhaupt nicht gerne shoppen, aber irgendwie finde ich es trotzdem doof, dass Flip jetzt mit Sofia zusammen Kleider anprobiert, als ob das ihr gemeinsames Ding wäre. Dabei war es doch lange Zeit eine Art Geheimnis, das nur Flip und ich geteilt haben. Und dann erst haben wir Sofia eingeweiht, und das war etwas Besonderes. Ein Zeichen, dass sie ab jetzt zu uns gehört. Und heute probiert Flip mit Sofia irgendwelche Spitzenkleider an, die beiden haben einen riesigen Spaß, und ich bin nicht dabei.

Und das Schlimmste ist, dass sie mich offenbar nicht mal vermissen.

Ich rufe noch mal bei Sofia an. Diesmal geht sie nicht ran. Vielleicht sitzt sie mit Flip im Büro der Kaufhauschefin und bekommt eine Standpauke? Oder sie konnten fliehen und werden noch wochenlang von diesem *mega-witzigen* Erlebnis erzählen. Vielleicht lästern die beiden auch gerade über mich, weil ich eine Spielverderberin bin.

In diesem Moment klingelt das Telefon wieder. Unterdrückte Nummer. Bestimmt ist das Sofia. Die unterdrückt ihre Nummer ständig, weil sie bei irgendwelchen Jungs aus der Schule anruft und dann auflegt. Beim süßen Felix zum Beispiel. Hoffentlich ruft Sofia an, um mir zu sagen, dass ich doch bitte noch kommen soll. Weil ohne mich alles nur halb so lustig ist. Ich würde dann vielleicht sogar ja sagen. Ich nehme ab.

»Hallo«, sage ich und versuche, nicht so zu klingen, als hätte ich auf Sofias Anruf gewartet.

»Ich bin's.« Die raue Mädchenstimme am anderen Ende erkenne ich sofort wieder.

Ich mache mir einen Pferdeschwanz, so einen hohen, oben auf dem Kopf, wie Sofia ihn immer trägt. Bei ihr sieht das toll aus. Sofias Pferdeschwanz ist eine wilde Ansammlung von Locken, die beim Laufen hin und her springen. Bei mir ist es ein dünnes Haarwürstchen, das schlaff am Kopf aufliegt. Ich öffne die Haare wieder, ziehe einen Seitenscheitel über den Kopf. Auch nicht richtig. Dann mache ich sie wieder zusammen. Diesmal mit einer silbernen Spange von Mama. Die Spange rutscht in meinen glatten Haaren einfach runter. Dann eben doch offen. Die nerven, die Haare. Nie sind sie richtig. Zu dünn, zu glatt und zu braun. Kein glühendes Kastanienbraun, kein warmes Erdbraun, ein Vollkornspaghettibraun mit Stich ins Mausgraue.

Es klingelt.

Ich drücke auf den Summer und überlege, wie ich möglichst lässig im Türrahmen lehnend auf sie warten könnte. Wenn meine Haare schon so doof sind, dann will ich wenigstens cool aussehen. Nicht wie eine, die sich den ganzen Vormittag gelangweilt hat.

Ich sehe zuerst nur ihren Scheitel. Das Haar dort oben ist nicht blau, sondern eher so dreckig blond. Na klar, mit blauen Haaren wird sie ja kaum auf die Welt gekommen sein. Dann steht sie vor mir, grinst, rollert mit den Turnschuhen hin und her. Sie hat das Gleiche an wie letztes Mal: Schlabberpulli, abgeschnittene Jeans. Und sie hat Pickel auf der Stirn. Ich ärgere mich über mich selbst, dass mir das als Erstes auffällt. Das ist so Sofia-mäßig, gleich auf die Fehler der anderen zu schauen. Die Pickel scheinen die Blaue aber nicht zu stören. Sie deckt sie auf jeden Fall nicht ab. Sofia deckt immer jeden noch so kleinen Pickel mit einer braunen Paste ab. Nur bringt das gar nichts, weil dann sieht eben die Paste blöd aus und nicht der Pickel.

»Hier«, sagt die Blaue und drückt mir einen kleinen, komischen grünen Strauß in die Hand.

»Für dich. Ich wollte mich bedanken. Vielleicht war es doch gar nicht so schlecht, dass die Typen jetzt ihr Geld haben. Nicht, dass die mich jedes Mal nerven, wenn ich sie sehe.«

Ich betrachte den kleinen Strauß in meiner Hand. Nur

so grünes Kraut und in der Mitte eine kleine blaue Blume. Den hat sie bestimmt auf dem Weg gepflückt.

»Und das Geld?«, frage ich. Das war doch eigentlich der Grund, weswegen die Blaue hier vorbeikommen wollte.

»Ach, ja«, die Blaue steckt die Hand in ihre Hosentasche und drückt mir eine Handvoll warmer Münzen in die Hand. »Das ist alles, was ich dir geben kann. Der Rest kommt später.«

Ich gucke auf das Geld in meiner Hand. Das sind höchstens fünf Euro.

Jetzt rollt sie, ohne mich zu fragen, an mir vorbei in die Wohnung. »Wohnst du hier mit deinen Eltern?«

»Nur mit meinem Bruder und meinem Vater. Ich wohne auch noch woanders. Bei meiner Mutter. In der Wohnung, in der wir früher alle zusammengewohnt haben.«

Ich warte auf den mitleidigen Blick der Blauen. Den Blick, den ich immer bekomme, wenn ich erzähle, dass meine Eltern getrennt sind, und dass ich jetzt immer hin- und herwechseln muss zwischen den beiden. Doch der Blick kommt nicht.

»Ich bin bei meiner Mutter rausgeflogen und wohne jetzt bei meiner Oma. Aber sie will nicht Oma genannt werden. Ich muss sie Angie nennen«, sagt die Blaue, und bevor ich etwas dagegen sagen kann, rollert sie auch schon in die Küche. »Habt ihr was zu trinken?«

»Leitungswasser.«

»Noch was?«

Ich öffne den Kühlschrank. Es ist nichts außer Tomatensaft drin. Die meisten Leute finden Tomatensaft nämlich echt eklig. Die meisten Leute trinken den nur im Flugzeug, schön scharf mit Tabasco. Ich glaube, ich bin die Einzige, die den auch am Boden trinkt.

»Ist das Tomatensaft? Ich liebe Tomatensaft!«

Kurz darauf sitzen wir am Tisch und trinken Tomatensaft. Trinken aus großen Gläsern mit Strohhalmen, die ich in den Tiefen der Besteckschublade gefunden habe. Die Blaue kippt massenhaft Salz und Pfeffer auf ihren Saft, und dann bläst sie Luft durch den Strohhalm in das Glas, blubbert rote Tomatensaftblasen. Sie kichert leise. Blubbern ist was für Kinder. Das ist etwas zum Elternärgern beim Abendessen. Ich habe seit Ewigkeiten nicht mehr durch einen Strohhalm geblubbert. Das letzte Mal, als ich noch in der Grundschule war. Ich blubbere trotzdem mit. Jetzt muss ich irgendwie auch kichern. Und dann hängen wir beide kichernd über den Gläsern und blubbern, erst nur leise und dann so laut, dass der Tomatensaft auf den Tisch spritzt.

Als das Blubbern aufgehört hat, ist es mit einem Mal sehr still in der Küche. Durch die offene Balkontür fällt die Sonne in die Küche und blendet. Blendet so sehr, dass ich die Augen zukneifen muss. Als ich sie wieder öffne, sehe ich überall goldene Punkte in der Luft. Auch über dem Gesicht der Blauen. Wie goldenes Konfetti.

»Wie heißt du eigentlich?«, frage ich.

»November«, sagt die Blaue, und ich denke, dass das

ein seltsamer Name ist. Seltsam, aber schön. Es passt zu ihr, dass sie so einen schrägen Namen hat.

»Und du?«, fragt sie.

»Magdalena.«

»November und Magdalena also«, wiederholt sie und schaut mich eine Weile an, ohne etwas zu sagen. Dann sieht sie sich in der Küche um. Ihr Blick bleibt am Kühlschrank hängen

»Ist das da dein Vater?«, sie deutet auf den Fotostreifen am Küchenschrank. Die Fotos haben wir im Automaten gemacht, Arthur, Papa und ich. Wir machen darauf lustige Gesichter. In Schwarz-weiß. Die Fotos haben wir ziemlich bald nach Papas Auszug gemacht. Papa wollte gerne ein Foto von uns für die neue Küche. Also haben wir extra lustige Gesichter gemacht, an einem Tag, an dem keiner wirklich lustig war. Der Automat hat alles aufgenommen. Er hat die lustigen Gesichter aufgenommen und die traurigen Grimassen wieder ausgespuckt.

»Ja«, sage ich, »ist mein Vater.«

»Er sieht traurig aus«, sagt November.

»Ist er aber nicht!«, lüge ich.

November zuckt mit den Schultern. »Ich würde auch einen traurigen Vater nehmen. Ich hatte auch mal einen, aber der hat sich in Luft aufgelöst.« Sie grinst und rührt wie wild mit dem Strohhalm in ihrem leeren Glas herum.

Ich weiß nicht, was ich dazu sagen soll. Wenn ich anderen davon erzähle, dass meine Eltern sich getrennt haben, dann weiß darauf auch niemand eine gute Antwort. Und ein Vater, der sich aufgelöst hat, ist noch schlimmer als ein Vater, der ausgezogen ist.

Mein Telefon, das auf der Küchenanrichte liegt, piept laut in die Stille rein:

Kommst du zur Pipe? We miss you!!!

Sofia und Flip. Sofia und Flip, die auf mich warten. Sie waren alleine einkaufen, aber jetzt vermissen sie mich doch. Ich bin erleichtert und wäre plötzlich nirgends lieber als mit Flip und Sofia an der Pipe. Aber jetzt sitzt diese blauhaarige November hier am Küchentisch, hat den Kopf auf die Arme gelegt, schaut aus dem Fenster und erweckt nicht den Eindruck, als ob sie vorhat, demnächst zu gehen. Jetzt hänge ich hier mit ihr fest.

Die Sonne brennt auf meinen Kopf, mein Rucksack mit den Büchern drin zieht mich schwer nach hinten. Ich wechsle ständig die Straßenseite, von Schatten zu Schatten, und weiß nicht, was ich durch das Hin und Her eigentlich abschütteln will, die Sonne oder November. Die rollert nämlich die ganze Zeit neben mir her. Sie ist einfach mitgekommen, als ich gesagt habe, dass ich jetzt in die Bibliothek muss. Ich hab keine Ahnung, über was ich mit ihr reden soll, und bin froh, als wir endlich den modernen weißen Bibliotheksbau in der Altstadt erreichen und den kühlen Vorraum betreten. Ich liebe dieses Gebäude, den Geruch von Papier und die gedämpfte Lautstärke. Gleich im Eingang gibt es einen Automaten, in den man die Bücher legen kann, die man zurückgibt. Ich hole die Bücher aus meinem Rucksack, lege sie neben mir auf den Tisch und dann nacheinander auf das Band. November sieht mir dabei zu. Sie nimmt eines der Bücher und blättert darin.

»Gedichte«, sagt sie und klingt dabei nicht erstaunt. »Sind das alles Gedichte?« Sie nimmt sich das nächste Buch. »Schreibst du auch selber welche?«

Ich muss schlucken. Die fängt langsam an zu nerven. Erst spaziert sie einfach in die Wohnung, dann hängt sie sich an mich dran, lässt sich nicht abschütteln, und jetzt steht sie hier neben mir und fragt Sachen, die sie wirklich überhaupt nichts angehen. Das geht ja nicht. Man kann ein Mädchen, das man so gut wie gar nicht kennt, doch nicht einfach fragen, ob sie Gedichte schreibt. Da kann man ja gleich fragen, ob man mal mit dem Helikopter durch ihre Träume fliegen kann. Ich nehme ihr das Buch aus der Hand und donnere es in den Automaten. Die soll ruhig merken, dass ich langsam genervt bin. Tut sie aber nicht. Oder es stört sie nicht.

»Also schreibst du Gedichte oder nicht?«, fragt sie jetzt noch mal.

»Natürlich nicht«, zische ich.

»Ah«, sie zuckt mit den Schultern. »Ich dachte nur. Hätte ja sein können, weil du so viele liest.«

Kann die jetzt nicht einfach gehen? Nein, kann sie nicht. Sie läuft einfach weiter hinter mir her, hin zur Ausleihe, wo zwei Bücher für mich zur Abholung liegen, und dann zu dem Computer, an dem man die Bücher, die man ausleihen oder verlängern will, einscannen muss. Sie schaut genau hin, als ich 2–9–1–2 eingebe. Dabei liegt es doch in der Natur von Passwörtern, dass eben niemand hinschaut, wenn man sie eingibt. Weil sie geheim sind.

»Ist das dein Geburtsdatum?«

»Was?«

»2–9–1–2. Hast du am 29. Dezember Geburtstag?«

»Ja.«

»Ich habe am 26. Dezember Geburtstag. Wir haben beide in den Raunächten Geburtstag.«

Was soll das denn heißen? Das klingt ja so, als ob wir einander ähnlich wären, nur weil wir beide in diesen komischen Nächten Geburtstag haben.

November beugt sich zu mir vor, flüstert: »Weißt du etwa nicht, was das bedeutet, wenn man in diesen Nächten Geburtstag hat?«

Ich weiß nicht nur nicht, was das bedeutet. Ich weiß noch nicht mal, was das für Nächte sein sollen, Raunächte.

»Klar weiß ich das!«, sage ich.

Ich beuge mich zum Rucksack, um zwei weitere Bücher rauszuholen, die ich noch verlängern will. Als ich sie hochhebe, rutscht etwas zwischen den Büchern hervor, segelt auf den Boden. Genau vor Novembers Füße. Es ist das Bärenheft. Sie hebt das Heft auf. Der Bär, das Mädchen und darüber, nicht zu übersehen, mit goldenem Stift geschrieben *Gedichte*. Warum habe ich das da so groß darauf geschrieben? Und dann auch noch mit Gold.

Soll sie doch jetzt sagen, dass sie recht hatte mit ihrer Frage, dass ich jawohl doch versuche, Gedichte zu schreiben. Hier ist der Beweis. Soll sie doch reingucken in das Heft und sehen, dass da zwar Gedichte drauf-, aber noch kein einziges Gedicht drinsteht. Erstaunlicherweise sagt sie gar nichts. Stattdessen hält sie mir schweigend das Heft hin. Ich nehme es, gucke sie dabei nicht an und stopfe es ganz unten in den Rucksack.

»Willst du noch ein Eis essen?«, fragt sie, als wir wieder vor der Bibliothek stehen. Sie grinst und klimpert mit den Händen in den Hosentaschen. Na toll, das hätte sie mir ja auch noch geben können, das Geld.

»Ich kann nicht. Ich muss zur Pipe«, sage ich.

Ihr Grinsen rutscht erst weg, dann zieht sie schnell wieder die Mundwinkel hoch. Sie wartet bestimmt darauf, dass ich sie frage, ob sie mitwill. Das mache ich aber nicht. Den Blick von den anderen kann ich mir schon vorstellen, wenn ich mit der Blauen im Schlepptau an der Pipe auftauche. Auf keinen Fall!

Auf einmal erscheint mir dieses Tomatensaftgeblubber von vorhin total peinlich. Ich will zu Flip und Sofia, will in der Sonne sitzen, über Pickel reden, über BHs und Küssen, über Felix und die anderen Jungs. Ich will, dass die Blaue endlich geht, mit ihrem komischen Sweatshirt, den blöden Schuhen und ihren nervigen Fragen.

»Ich muss jetzt zu meinen Freunden, die warten auf mich!«, sage ich.

»Okay. Na dann«, sagt sie.

Ich hätte gedacht, dass sie irgendwie versucht, mich zum Eis zu überreden. Aber das tut sie nicht. Ich gucke ihr hinterher. Endlich, versuche ich zu denken. Endlich geht sie. Die ist ja völlig hinterher mit ihrem Blubbern, den Rollturnschuhen und dem ganzen Kram. Jetzt bleibt sie stehen, dreht sich noch mal um. Blöd, jetzt sieht sie, dass ich ihr die ganze Zeit nachgeschaut habe. Egal. Kann sie ruhig.

»Bis bald«, ruft sie und winkt.

Dann dreht sie sich endgültig um und rollt weg. Und diesmal schaue ich ihr nicht hinterher. Ich schaue erst wieder in ihre Richtung, als sie schon längst verschwunden ist. Die Fremde. Die Blaue. November.

Flip und Sofia liegen auf dem Rasen in der Sonne. Neben ihnen Einkaufstüten.

Es ist voll heute hier. Nur Felix ist heute nicht da. Dafür ein paar Jungs aus der Parallelklasse. Ich lasse mir Sofias neue Stiefel (die haben sogar einen kleinen Absatz!) und Flips neue Kapuzenjacke in Neon-orange präsentieren. Dann lege ich mich mit dem Kopf auf Flips Bauch. Aus einer XXL-Tüte mit bunten Gummitieren stopfe ich mir so viele auf einmal in den Mund, dass ich kaum mehr kauen kann. Ich schließe die Augen, lasse den zuckrigen Saft den Hals runtergleiten. Flip und Sofia diskutieren über irgendeine Serie, die Sofia gerade guckt. Ihre Worte plätschern über mich wie lauwarmes Wasser. Bekannt und beruhigend.

Raunächte, ein seltsames Wort. Es klingt geheimnisvoll. Ich würde doch gerne wissen, was es damit auf sich hat.

Am Abend gibt es Ofengemüse mit Reis und Joghurtsoße.

»Bei dir schmeckt das Essen viel besser als bei Mama«, ruft Arthur. Er isst schon den dritten Teller.

Es stimmt. Bei Papa schmeckt das Essen besonders gut. Papa gibt sich auch immer richtig Mühe beim Kochen, steht Stunden in der Küche, rührt, schnippelt, hackt Kräuter, stampft Gewürze. Früher, ganz früher, vor dem großen Schweigen, da hat Mama beim Essen oft gerufen, wie großartig alles schmeckt und was für ein außergewöhnlich talentierter und gutaussehender Koch Papa doch sei. Ein bisschen albern ist sie dabei immer gewesen, aber ernst gemeint hat sie es schon. Jetzt wo Mama nicht mehr mit am Küchentisch sitzt, jetzt wartet Papa beim Essen bestimmt darauf, dass Arthur oder ich ihm sagen, wie toll alles schmeckt. Ich habe aber keine Lust, ihn wie einen Hund zu loben. Als Arthur jetzt sagt, dass das Essen gut ist, strahlt er auf jeden Fall.

»Ich könnte ja mal wieder für euch alle zu Hause kochen«, schlägt er vor.

»Zu Hause?«, schmatzt Arthur.

»Na, bei uns in der Wohnung.«

Ich habe auf einmal so ein Kratzen im Hals und muss mich mehrmals laut räuspern. Ist ja schon klar, dass Papa damit meint, dass er bei Mama und für Mama kochen könnte.

»Nein, das könntest du nicht. In Mamas Wohnung kocht Mama und du kochst hier«, nuschelt Arthur. Mamas Sätze hören sich seltsam fremd an aus seinem Mund.

Papa guckt erst Arthur und dann mich an. Das Strahlen ist weg. Er sieht mit einem Mal schattig und knittrig aus. Ich zucke mit den Schultern und tue so, als ob ich nicht wüsste, warum Arthur das sagt. Ich könnte Papa jetzt erklären, dass Arthur gerade das Gegenteil von dem gesagt hat, was er sich eigentlich wünscht. Dass ich es sicher weiß, weil er sich neulich genau deswegen mit Mama gestritten hat. Aber aus irgendeinem Grund habe ich keine Lust, Papa von dem Streit zu erzählen. Dann müsste ich Papa ja auch erklären, dass Mama gesagt hat, dass es keine gemeinsame Wohnung mehr gibt und auch nicht mehr geben wird. Nur noch zwei Halb-Familien-Wohnungen. Ich kann mir schon Papas traurigen Blick vorstellen, wenn er das hört. Deswegen lasse ich lieber das Fragezeichen in Papas Gesicht stehen.

Nach einer Weile, in der niemand etwas sagt, räuspert Papa sich und versucht seiner Stimme so einen ganz nebensächlichen Klang zu geben, als er fragt:»Und, was macht Mama zurzeit so?«

»Ziemlich viel!«, bricht es aus Arthur raus.

»Ja? Trifft sie viele Freundinnen?«

Arthur nickt.

»Ständig.«

»Und Freunde?«

Arthur nickt wieder.

»Ist sie oft lange weg abends? Mit ihren Freundinnen ... oder mit diesen Freunden?«

Da, wo eben das Fragezeichen in Papas Gesicht stand, ist jetzt Sorge zu sehen. Arthur hat aufgehört zu essen und guckt mich hilfesuchend an. Endlich hat auch er gemerkt, dass er ausgefragt wird. Schweigend essen wir weiter. Man hört jetzt nur noch Papas Gabel, die über den Teller kratzt. Ein schlimmes Geräusch. Es tut richtig weh in meinen Ohren. Manchmal, besonders wenn ich eh schon schlechte Laune habe, denke ich, ich könnte Papa dafür umbringen, dass er die Gabel so über den Teller kratzen lässt. Ich weiß schon, dass das krass klingt, es fühlt sich aber wirklich so an!

»Pflanzen sind übrigens glücklicher, wenn sie sich selbst versorgen dürfen, als wenn man einfach so wahllos Wasser auf sie drauf kippt.«

Arthur und ich schauen von unseren Tellern auf und Papa an.

»Nach dem Essen führe ich euch mein Pflanzenbewässerungssystem vor. Es ein System, mit dem die Pflanzen sich alleine versorgen können!« Papa strahlt jetzt wieder, aber das Strahlen sieht nicht nach Papa aus. Es sieht angemalt aus. Als wäre es darunter dunkel.

»Wirklich, Papa, das hast du selbst gebaut?« Arthur klingt aufgeregt.

»Ja, und jetzt passt auf, Pflanzen lieben Musik! Sie wachsen viel besser, wenn man ihnen freien Zugang zum Wasser ermöglicht und ihnen Musik vorspielt!«

Ich mache mir ehrlich Sorgen, dass Papa ein bisschen komisch werden könnte.

5

»Weiß jemand von euch, was eine Anthologie ist?« Frau
Morgenstern lässt ihren Blick über uns wandern. Es ist
die letzte Schulstunde an diesem Tag. Die Hälfte der
Klasse befindet sich bereits im Halbschlaf. Klar weiß ich,
was eine Anthologie ist. Aber ich melde mich nicht. Ich
melde mich fast nie. Ich mag es nicht, etwas vor der ganzen Klasse zu sagen. Meine Stimme klingt dann quäkig
und dünn, und fast noch schlimmer ist das Gefühl danach, diese kurze Stille, in der ich nicht weiß, ob ich das
Richtige gesagt habe. Dann lieber gar nichts sagen. So wie
jetzt gerade der Rest der Klasse. Müde Stille. Arme Frau
Morgenstern. Dann meldet sich Flip. Flip springt immer
ein. Flip oder Yuna. Die zwei Klassenbesten.

»Ein Buch. Eine Sammlung von ausgewählten Ge-
schichten oder Gedichten«, sagt Flip.

»Genau richtig«, sagt Frau Morgenstern und nickt
dankbar.

Das Gefühl, sich nicht gemeldet zu haben, obwohl man
die Antwort weiß, ist doof. Das Nicht-Gesagte fühlt sich
wie ein pappiges Brötchen im Mund an. Außerdem führt
das Nichtssagen dazu, dass ich das erste Mal in meinem
Leben denke, dass mein Freund Flip wirklich ein Streber
ist.

»Von den Gedichten, die bei dem Wettbewerb eingereicht werden, werden die schönsten in einem Buch veröffentlicht. In einer Anthologie eben«, sagt Frau Morgenstern.

In einem richtigen Buch! Einem Buch, das man kaufen und in dem jeder lesen kann! Die Vorstellung, dass fremde Leute in der Buchhandlung ein Buch zur Hand nehmen und mein Gedicht darin lesen könnten, ein Gedicht von Magdalena Newin, das finde ich unglaublich. Ich glaube, ich würde vor Stolz umkippen.

»Wer hat sich denn den Flyer noch mal durchgelesen und hat Lust, da mitzumachen?«

Alle gucken irgendwohin, nur nicht zu Frau Morgenstern.

»Ich würde es machen.« Es ist Yuna, die das sagt und dabei betont sanft lächelt. Der Engel der Klasse, immer zu Frau Morgensterns Rettung bereit. Eklig.

»Toll!« Frau Morgenstern lächelt. »Da freue ich mich, Yuna. Wenn du nach der Stunde zu mir kommst, erkläre ich dir, wie der Wettbewerb abläuft. Noch jemand?«

Mir ist ganz heiß. Ich könnte mich jetzt auch melden. Nichts Weltbewegendes. Nur ein Finger in der Luft.

»Traut euch! Das ist so eine tolle Gelegenheit. Ihr habt zwei Wochen Zeit.«

Meine Hände zittern. Fast so, als wollten sie von selbst vom Tisch abheben. Ich habe richtig das Gefühl, dass ich sie nach unten drücken muss. Sofia schiebt mir an Flip vorbei einen Zettel rüber.

Ich sitze in einem Baum voll Schaum
Aber das ist nur ein Traum.
In echt,
da habe ich immer recht
Geiles Gedicht, ja oder nein.
Sei kein Schwein.
Bitte ankreuzen.

Ich kreuze jetzt gar nichts an.

Frau Morgenstern lächelt aufmunternd zu uns in die letzte Reihe.

»Was ist mit dir?« Kurz habe ich die Hoffnung, dass sie mich meint.

»Flip?«, sagt sie jetzt.

Klar, sie meint Flip. Sie kommt gar nicht darauf, dass ich vielleicht auch mitmachen möchte. Wie sollte sie. Ich melde mich nie, und in Deutsch bin ich echt keine Leuchte, also im Aufsatzschreiben und dem ganzen Kram. Sie kann also nicht ahnen, dass ich ein Gedicht schreiben möchte.

»Mmmmh, eher nicht«, sagt Flip, lächelt und hebt entschuldigend die Hände.

»Schade«, sagt Frau Morgenstern.

Halt! Hier! Kann sie denn nicht sehen, dass ich mitmachen möchte? Kann sie es nicht einfach an meinen Augen ablesen?

»Ihr könnt ruhig schon vorgehen.« Als die Stunde vorbei ist, lege ich langsam, ganz langsam, Stift für Stift in meine Federtasche. Sofia und Flip stehen mit geschulterten Rucksäcken neben mir.

»Ich will Frau Morgenstern noch was wegen der Hausaufgaben fragen«, sage ich.

»Wegen welcher Hausaufgaben?« Sofia schaut mich prüfend an.

»Von letzter Woche. Ich hab da noch eine Frage.« Warum kann Sofia mich nicht einfach in Ruhe lassen?

Sofia zieht die Augenbrauen hoch, was wohl heißen soll, dass sie mein Verhalten seltsam findet. »Okay. Dann bis gleich«, sagt sie und zieht Flip am Ärmel aus dem Klassenzimmer.

Jetzt sind nur noch Yuna, Frau Morgenstern und ich im Klassenraum. Die beiden haben sich vorne am Lehrertisch über ein Prospekt gebeugt und reden miteinander. Ich würde gerne hören, was genau sie da bereden, aber das Gespräch ist zu leise. Ich wühle lange in meinem Rucksack, dann nehme ich ein Heft raus, blättere darin vor und zurück, gebe vor, beschäftigt zu sein, so lange, bis Yuna sich endlich, endlich verabschiedet. Als sie weg ist, stecke ich das Heft in den Ranzen, bleibe aber sitzen. Wie festgeklebt auf meinem Stuhl. In aller Ruhe packt Frau Morgenstern vorne ihre Sachen zusammen und schlüpft in ihre Lederjacke.

»Geht es dir gut, Magdalena?«, fragt sie mich dann.
Ich nicke. Ich merke, wie ich rot werde.

»Ist noch etwas? Hast du noch eine Frage?«

»Nein«, sage ich.

Frau Morgenstern schaut mich verwundert an. Ich

habe keine Frage, aber ich will etwas sagen. Ich will Frau Morgenstern sagen, dass ich gerne mitmachen würde bei diesem Wettbewerb. Ich will ihr noch viel mehr sagen, will ihr sagen, dass ich davon träume, etwas aus Worten zu bauen. Ein Baumhaus, eine Hütte, ein Iglu oder einen Tempel. Etwas, in dem man sich zu Hause fühlen kann. Etwas, das einen schützt. Stattdessen sage ich gar nichts. Ich stehe nur auf und schmeiße dabei fast den Stuhl um. Dann presse ich noch ein leises *Tschüs* heraus, nehme Jacke und Schultasche unter den Arm und husche durch das Klassenzimmer, an Frau Morgenstern vorbei, in den Flur. Frau Morgenstern ruft mir »bis Morgen, Magdalena!« hinterher.

Flip und Sofia warten vor der Schule auf mich. Sie stehen unten an der Treppe in der Sonne. Sofia hat den Kopf auf Flips Schulter gelegt und lächelt. Ein paar Meter weiter steht Yuna mit ihren Freunden und schaut immer wieder zu den beiden rüber. Der Neid der anderen Mädchen ist für Sofia so etwas wie ein Scheinwerfer. In seinem Licht läuft sie zu Hochtouren auf. Und Yuna ist neidisch auf Sofia. Wegen Flip.

Sofia kann die wütenden Blicke der anderen und ihr Geläster nicht nur aushalten, sondern sogar genießen. Ich kann das nicht verstehen, ich will auf keinen Fall, dass die anderen mich blöd finden oder sauer auf mich sind. Manchmal denke ich, dass Sofia sich durch alle Gefühle in einer Art Tanz bewegt. In einem Moment sind sie und Yuna Gegnerinnen. Im nächsten schon kann sie ihr um den Hals fallen oder zu irgendwas beglückwünschen, und sie meint es dann auch so. Bei mir ist das anders: Ich finde Gefühle oft so anstrengend. Ich will mich lieber nicht durch sie hindurchbewegen. Ich will lieber so freezemäßig stehen bleiben, als mit anderen und ihren Gefühlen zusammenzustoßen. Flip legt seinen Arm um meine Schulter.

»Und, hast du das mit den Hausaufgaben geklärt?«, fragt er.

Ich nicke und spüre, wie ich rot werde dabei. Mein Blick wandert die Straße hinunter, und da sehe ich sie. Ich sehe sie eigentlich sofort. November. Sie steht alleine vorne an der Bushaltestelle und hat mich auch gesehen. Unsere Blicke treffen sich. Jetzt hebt sie die Hand und winkt mir zu. Schnell wegdrehen. Ich habe schon viel zu lange hingeschaut. Zu lang dafür, dass ich sie ja gar nicht sehen möchte. Nicht jetzt, hier, zusammen mit Flip und Sofia, vielleicht auch überhaupt nicht mehr. Ich habe keine Lust, Flip und Sofia zu erklären, warum mir diese seltsame Blaue, über die wir neulich noch gelacht haben, auf einmal zuwinkt. Sofia und Flip müssen nicht wissen, dass die neulich bei uns zu Hause am Tisch gesessen hat und so kindische Sachen gemacht hat wie Tomatensaft-Blubbern. Sie müssen nicht wissen, dass die Blaue eigentlich November heißt und so komische Sachen verkündet wie *mein Vater hat sich in Luft aufgelöst.*

»Lass mal los zur Pipe«, sage ich.

Wir laufen durch den Altstadttunnel. November geht einfach mit etwas Abstand hinter uns her. Ich drehe mich um, um zu schauen, ob sie immer noch da ist. Flip entgeht das natürlich nicht. Er dreht sich auch um.

»Da ist ja wieder die mit den blauen Haaren«, sagt er und kichert.

Sofort nachdem Flip das gesagt hat, fliegt Sofias Kopf herum, und sie starrt nach hinten, starrt November an. Sofia dreht sich wieder um, beugt sich zu mir und flüstert: »Die ist irgendwie unheimlich.«

»Ach komm!« Flip lacht.

»Doch«, flüstert Sofia und rückt näher an mich heran, »ich finde es unheimlich, dass sie schon wieder da ist und hinter uns herläuft. Wer weiß, was die sonst noch so macht, außer Fahrräder zertrümmern. Es fühlt sich so an, als ob sie uns verfolgen würde.« Sofia schaut mich an: »Oder?«, sagt sie, »stimmt doch?«

Ich nicke.

»Siehst du«, sagt Sofia zu Flip, »du hast einfach kein Gespür für das Unheimliche. Weil du ein Junge bist. Das Unheimliche ist schon immer Frauensache.«

Flip schüttelt den Kopf, verdreht die Augen. »So ein Quatsch. Immer wenn es dir passt, dann ist irgendwas Frauenkram, und den Rest der Zeit bestehst du darauf, dass alle gleich sind. Das ist einfach nur Aberglaube.«

Sofia strafft ihre Schultern. »Das ist mein bulgarisches Erbe! Ich würde mich auf jeden Fall nicht wundern, wenn wir uns gleich noch einmal umgucken, und dann ist sie wie vom Erdboden verschwunden.«

Schön wäre es, denke ich, schön wäre es, wenn November jetzt einfach verschwinden würde. Doch das tut sie nicht. Sie trabt im immer gleichen Abstand hinter uns her.

»Außerdem«, sagt Sofia, »außerdem habe ich niemals nie gesagt, dass Jungs und Mädchen gleich sind. Mädchen sind natürlich besser.«

»Bla bla bla.« Flip greift nach Sofias Pferdeschwanz und zieht daran wie an einem Klingelzug. Sofia scheint das zu gefallen. Auf jeden Fall wehrt sie sich nicht, sondern läuft, den Kopf in den Nacken gezogen, einfach weiter und grinst breit.

November läuft immer noch hinter uns her. Sie folgt uns tatsächlich bis zur Pipe, und dann tut sie etwas Unglaubliches. Sie stellt sich einfach zu uns, zwischen Flip und mich. Als ob das das Normalste der Welt wäre.

»Hi, Magdalena«, sagt sie und grinst mich an.

Sofia kichert, guckt zu mir und verdreht die Augen. »Kennst du die jetzt?«

November antwortet prompt mit »Ja!«, und weil ich genau zur gleichen Zeit »Nein!« sage, gibt es ein komisches Wortgemisch.

Flip grinst blöd.

»Häh? Wie jetzt?«, sagt Sofia.

Ich gucke weg. Weg von Sofia. Weg von Flip. Weg von November. Nach Westen oder Osten. Weiß ich auch nicht. Irgendwohin in den Himmel. Ich spüre, wie mir Tränen in die Augen steigen. Vor Wut, weil sie hier so doof einfach auftaucht. Was denkt die eigentlich? Aber auch wegen Sofia, die die ganze Zeit so doof kichert, und wegen Flip, der doch jahrelang mein bester Freund war und jetzt steht er hier, starrt abwechselnd mich und November an und grinst blöd, und seine schwarze Mähne glänzt schön gestriegelt in der Sonne genauso wie der neon-orangene Pullover.

»Du warst doch neulich schon mal hier und hattest diese megaangesagten Turnschuhe an«, kichert Sofia jetzt.

»Das sind die gleichen Schuhe. Die Rollen kann man abnehmen. Dann sind es ganz normale Turnschuhe«, antwortet November ernst.

Ich höre, wie November »Seid ihr oft hier?«, fragt, und weder Flip noch Sofia ihr antworten. Dann höre ich gar nichts mehr, nur noch Rauschen in den Ohren, und vor meinen Augen verschwimmt der Himmel. Als ich das Verschwommene weggeblinzelt habe, und das Rauschen in meinen Ohren nachlässt, schaue ich vorsichtig neben mich. November ist weg.

»Siehst du! Habe ich doch gesagt«, sagt Sofia, deren Blick meinem gefolgt ist. »Sie kann sich auflösen mit ihren tollen Turnschuhen. Woher kennt die denn deinen Namen?« Sofia starrt mich an. Dann erspäht sie etwas hinter mir, juchzt auf, ruft »Achtung! Felixi Flixi kommt!«

Vor lauter Begeisterung vergisst Sofia die Blaue sofort. Sie wartet auch nicht mehr auf meine Antwort. Flip und sie sind jetzt mit Felix beschäftigt. Mit Felix, der ganz cool über die Wiese getrabt kommt, das Board unter dem Arm, und der einen neuen öden Trick auf seinem Skateboard kann. Es ist immer wieder erstaunlich, wie viel Aufmerksamkeit dieser Typ mit den einfachsten Dingen auf sich zieht.

Ich unterdrücke ein Gähnen. Warum unterdrücke ich das eigentlich, die anderen können ruhig wissen, dass ich mich langweile. Ich schaue mich nach November um. Doch die ist tatsächlich wie vom Erdboden verschwunden. Wahrscheinlich ist sie quer über die Wiese; hat, so wie neulich, den Schleichweg durch das Gebüsch genommen und streunt jetzt irgendwo in der Altstadt herum. Vielleicht weint sie. Das würde ich zumindest machen, wenn ich sie wäre. Es fühlt sich ziemlich blöd an, erst ausgelacht und dann ignoriert zu werden, und November ist ja auch nicht doof, die merkt ja, dass Sofia über sie lacht. Irgendwie ist es ja auch mutig, sich einfach so dazuzustellen. Aber mutig sein ist eben nicht immer cool. Und cool sein ist seit dem Sommer die wichtigste Währung. Ich gucke Sofia und Flip an, die Felix bewundern, der sich selbst bewundert oder sein Skateboard oder die anderen dafür, dass sie ihn bewundern, da bin ich mir nicht so sicher. Mit dem cool sein ist es wie mit einer Matroschka, so einer russischen Puppe, in der wieder eine Puppe steckt, in der wieder eine Puppe steckt. Es braucht immer jemanden, der sich kleiner fühlt. Sonst funktioniert es nicht.

Soll ich November suchen? Nur um sicherzugehen, dass sie nicht wieder in Schwierigkeiten steckt oder irgendwo in einer Ecke sitzt und heult. Flip und Sofia nicken nur kurz, als ich verkünde, dass ich mir eine Cola holen gehe.

»Bring uns auch eine mit!«, ruft Flip mir noch hinterher.

Ich laufe über die Wiese und durch das Gebüsch, nehme die Abkürzung von der ich denke, dass November sie genommen hat. Die Altstadt ist um diese Zeit noch leer. Erst am späten Nachmittag werden sich die Cafés und Läden füllen. Ich muss gar nicht lange suchen. Schon hinter der nächsten Ecke sehe ich sie. Erst nur von hinten. Sie sitzt auf einem Mäuerchen an dem kleinen Fluss, der durch die Altstadt fließt, im Schneidersitz, den Kopf nach vorne gebeugt. Sie weint wirklich. Mein erster Impuls ist, umzudrehen. Warum sollte ausgerechnet ich die Blaue trösten? Ich kenne sie ja kaum. Doch ich nehme allen Mut zusammen, gehe ein Stück näher an sie heran, und dann erkenne ich, dass sie sich nicht deswegen vornüber gebeugt hat, weil sie weint. Sie sitzt so, weil sie vor sich ein Heft liegen hat. Ein kleines Heft, in das sie sehr konzentriert mit einem Bleistift zeichnet. Sie sieht nicht traurig aus, eher sehr ruhig und konzentriert. Das Haar fällt ihr immer mal wieder vor die Augen, und wenn das passiert, pustet sie es weg, ohne aufzuschauen. Offensichtlich hat der Vorfall an der Pipe eben keinen Wirbelsturm in ihr ausgelöst. Um sie herum ist eine Stille, die ich fast sehen kann. Als ob sie eine Farbe hat oder so. Nicht so eine tiefgraue Stille wie die, die es zwischen Mama und Papa oft gibt. Die Stille, die sich um November herumgelegt hat, ist hellblau und angenehm kühl. Fast ist es so, als ob ich mich mit in diese Stille hineinsetzen könnte. Lange sehe ich ihr beim Zeichnen zu. Irgendwann klappt sie ihr Heft zu. Schnell verstecke ich mich in einem der Hauseingänge. Ich will auf keinen Fall, dass sie mich sieht. Als ich mich wieder aus meinem Versteck traue, ist sie weg.

Die anderen sind immer noch an der Pipe. Sofia und ein paar Mädchen tanzen neben einer Musikbox, und Flip filmt sie dabei. Eine von diesen Choreographien, die jetzt alle auf dem Pausenhof tanzen. Felix hat einem Mädchen aus der Siebten sein Skateboard gegeben und zeigt ihr, wie man einen Ollie macht. Es ist so laut hier, die Musik, die Stimmen der anderen, die alle durcheinanderreden. Es ist viel zu laut und heiß, und irgendwie ist das Licht fast neonfarben grell. Niemand scheint mich zu vermissen. Ich mache einen Schritt auf die Wiese, dann überlege ich es mir anders, drehe wieder um. Schnell, bevor die anderen mich hier entdecken, klettere ich aus ihrem Blickfeld, durch das Gebüsch hindurch, hinein in die kühle Altstadtgasse.

Langsam durch die Innenstadt nach Hause laufen. Vorbei an all den Orten, die ich kenne, seitdem ich auf der Welt bin. Vorbei an dem Spielplatz, auf dem ich immer mit meinem Kindergarten war, am Spielzeuggeschäft, an dem ich mir die Nase plattgedrückt habe, am Kinderarzt, bei dem ich zum Abschied immer einen Ballon bekommen habe. Früher. Bis vor kurzem noch dachte ich wirklich, dass alles immer so bleiben wird. Die Stadt. Die Häuser und Straßen. All die vertrauten, die unheimlichen, die hellen und auch die ganz geheimen Ecken. Mama, Papa, Arthur, ich. Sofia, Flip und ich. Weiter habe ich nie gedacht. Ich war mir sicher, dass all das für immer ist. Aber es gibt gar kein für immer. Nicht bei Mama und Papa und auch sonst nicht. Der Gedanke ist aufregend und auch ein bisschen unheimlich. Auf eine Art ist er viel zu groß. Er lässt meinen ganzen Körper so komisch zittern.

Als ich die Altstadt verlasse und an Mamas Praxis vorbeikomme, sehe ich Mama auf der anderen Straßenseite stehen. Ich will nach ihr rufen, zu ihr rüberlaufen, aber dann bemerke ich, dass neben Mama ein Mann steht. Ein großer, schlaksiger mit dunklen Haaren. Er schaut Mama zu, wie sie in den Tiefen ihrer Tasche wühlt. Wahrscheinlich findet sie mal wieder ihr Telefon nicht. Ich weiß, dass es da unten in der Tasche ist. Mama muss nur noch ein bisschen suchen. Schon zieht sie das Telefon hervor, hält es triumphierend in die Luft. Er lacht. Dann hakt sie sich bei ihm unter, und die beiden laufen los.

Ob das dieser Igor war? Ich spüre einen Kloß im Hals. Wer weiß, beruhige ich mich, vielleicht war es auch nur irgendein Kollege. Hoffentlich.

Mein Handy piept. Eine Nachricht von Sofia.

Wo bleibt eigentlich die Coooooolaaaaa? Woher kennst du die räudige Blaue?!

Die Cola! Die hatte ich ganz vergessen.

Musste zum Zahnarzt, schreibe ich. Das mit der Blauen erkläre ich dir morgen.

Per SMS lügen ist viel einfacher, als wenn man die andere dabei angucken muss.

Während Papa, von Pflanzen umgeben, eine eigenartige Verknüpfung von Bändern, Wassergläsern und Blumentöpfen herstellt, hüpft Arthur im Wohnzimmer auf dem Sofa herum und singt laut.

»Ich singe, damit die Pflanzen besser wachsen«, singt er.

»Weißt du, was Arthur und ich uns überlegt haben?«, ruft Papa mir zu, »wir machen eine Führerscheinüberraschung für Mama! Eine richtige Party!«

Eine Überraschungsparty für Mama. Ich kann mir nicht wirklich vorstellen, dass die sich darüber freut. Zum einen mag sie keine Überraschungen. Das ist schon immer so gewesen. Das müsste Papa eigentlich wissen. Und zum anderen hatte ich in der letzten Zeit das Gefühl, dass Mama sich im Moment über gar nichts freut, das mit Papa zu tun hat. Weil Papa und Arthur mich jetzt beide mit großen Augen anschauen und Arthurs Augen dabei wie sonst nur an Weihnachten leuchten, ringe ich mir ein »Wow!« ab.

Das W*ow* klingt zu trocken, es klingt wie *au*.

»Das ist so eine gute Idee von uns!«, krakeelt Arthur und will jetzt-gleich-jetzt-sofort aufschreiben, was wir dafür einkaufen müssen: Luftballons, Luftschlangen, Kerzen.

»Und Marshmallows!«, seine Stimme überschlägt sich fast.

»Und Monsterkaugummis?« Papa weiß genau, wie er Arthur in Begeisterung versetzen kann.

»Ja! Und Hundertmillionen Monsterkaugummis, genau!«

Die beiden sind so berauscht von ihrer Idee, dass ich unbemerkt das Zimmer verlassen kann.

Ich setze mich an meinen Schreibtisch und ziehe das Bärenheft aus dem Rucksack. Ich schlage es auf und merke, wie mein Mund beim Anblick der noch leeren Seiten ganz trocken wird. Vor Aufregung oder so, weil ich auf einmal eine Idee habe, was ich aufschreiben will. Ich will genau diesen Gedanken, den ich heute in der Altstadt hatte, aufschreiben, diesen Zittergedanken. Dieses Gefühl von zu Hause sein und gleichzeitig nicht mehr zu Hause sein. Zwei Gefühle, die sich widersprechen, wie soll man das aufschreiben? Wie kann ich aus Gefühlen Wörter machen? Gefühle sind schließlich so groß und ändern sich ständig, und Wörter sind klein und bleiben immer gleich. Es ist zu kompliziert. Ich kann es nicht. Ich kann es nicht und werde es nie können. Ich lege den Kopf auf die leere Seite und schaue aus dem Fenster.

Der Mond da draußen sieht seltsam blass aus. Früher dachte ich, er wäre so etwas wie mein Freund. Ich habe mir vorgestellt, dass er durch das Fenster schaut und auf mich aufpasst, wenn ich abends alleine im Bett liege. Wenn ich den Mond heute sehe, muss ich daran denken, wie unglaublich groß dieses ganze verrückte Universum ist. Und wir so winzig klein. Alles kommt mir so unwichtig vor auf einmal, und trotzdem. Am nächsten Morgen ärgere ich mich wieder über das umgefallene Glas Milch oder die vergessenen Hausaufgaben. Das ist das Irre am Leben.

6

November steht auf der Rampe und starrt in den Himmel. Außer ihr ist niemand hier. Die Wiese ist leer. Es hat den ganzen Tag geregnet. Erst jetzt am späten Nachmittag hört es langsam auf. Eigentlich dachte ich, hier im Park auf Flip und Sofia zu treffen. Aber offenbar ist es noch zu früh. Zu wenig Sonne. Zu viel Nieselregen. Niemand da. Außer November. Ich folge ihrem Blick, und jetzt sehe ich, was sie sieht: Da ist ein Regenbogen. Ein ganz zarter. Direkt über uns. November starrt mit offenem Mund in den Himmel, dann zieht sie das kleine Heft aus der Hosentasche, kritzelt kurz etwas hinein, steckt es wieder ein.

Sie rollt ein Stück, bleibt am Rand der Rampe stehen und rutscht dann auf den Heelys die Rampe runter. Das nasse Laub macht die Rampe zu einer Rutschbahn. Sie kommt ganz schön ins Schlittern und kann sich gerade noch so halten. Das scheint ihr keine Angst zu machen. Im Gegenteil. Sie klettert ein zweites und ein drittes Mal hoch. Immer das Gleiche. Sie rutscht, fällt fast, hält sich dann doch auf den Beinen. Beim vierten Mal dann kann sie sich nicht mehr halten. Es sieht krass aus. Es sieht aus, als ob es richtig weh tut. Sie schlittert, rutscht, strauchelt, fällt halb auf den Po, halb auf die Ellbogen und landet dann spektakulär unsanft mit dem ganzen Körper auf dem nassen Boden. Dort bleibt sie liegen. Mit dem Rücken zu mir.

Ich warte einen Moment, ob sie wieder aufsteht, aber das tut sie nicht. Sie liegt einfach da. Ihr Oberkörper bebt. Sonst bewegt sich nichts an ihr.

»Alles okay?«, frage ich. Ich gehe neben Novembers Rücken in die Hocke. Langsam dreht sie sich zu mir, und jetzt sehe ich, warum ihr Oberkörper so bebt. Sie lacht. Sie lacht und lacht, Tränen laufen ihr über die Wange.

»Das musst du unbedingt probieren. Das zieht so krass im Bauch«, prustet sie und bekommt sich gar nicht ein vor Lachen. Erst weiß ich nicht, was ich sagen soll, und dann fühle ich ziemlich schnell so ein knisterndes Gefühl von Ärger in mir aufkommen. Eigentlich hatte ich nämlich keine Lust, mich hier neben sie zu knien und mich nach ihrem Befinden zu erkundigen. Ich habe das nur gemacht, weil ich dachte, dass sie verletzt ist. Und jetzt geht es ihr gar nicht schlecht. November geht es bestens. Sie liegt im Dreck und prustet. Prustet in Etappen. Erst ist sie ruhig. Dann prustet sie. Dann ist sie kurz ruhig. Dann prustet sie wieder lauthals los. Wie ein Vulkan, der immer wieder ausbricht. Irgendwann prustet sie nur noch leise.

»Was machst du hier überhaupt?«, fragt sie mich dann.

Was für eine doofe Frage. »Ich bin hier fast jeden Tag!«, fauche ich.

»Aber heute ist doch niemand von deinen Freunden hier, und du langweilst dich doch sowieso immer nur.«

»Ich langweile mich überhaupt nicht!« Meine Stimme überschlägt sich fast vor Empörung.

November zuckt mit den Schultern. »Na, dann siehst du eben nur so aus, als ob du dich langweilst, während du dich überhaupt nicht langweilst.«

Was denkt die eigentlich, wer sie ist? Ich selbst könnte sie ja genauso gut fragen, was sie überhaupt an der Pipe macht. Schließlich ist sie diejenige, die wie aus dem Nichts in dieser Stadt aufgetaucht ist.

»Ich bin nur hergekommen, weil meine Mutter zu Besuch ist. Und die will ich nicht sehen. Auf keinen Fall. Die sitzt bei meiner Oma in der Wohnung, und deswegen kann ich da nämlich nicht sein«, sagt November jetzt, als hätte sie meine Gedanken gelesen.

Einen Moment sitzen wir schweigend nebeneinander. Aus den Augenwinkeln schaue ich sie von der Seite an. Sie hat die Arme um den Oberkörper geschlungen und zittert. Jetzt erst sehe ich, dass ihre Anziehsachen komplett nass sind. Wahrscheinlich war sie schon länger hier draußen. November zieht laut die Nase hoch.

»Entschuldigung«, sagt sie, ohne mich anzusehen, »tut mir leid, vielleicht langweilst du dich ja auch nicht. Manchmal sage ich einfach das, was mir auffällt. Also ich denke dann nicht nach, ob es klug ist, das zu sagen.« Sie seufzt. »Ich muss es dann einfach sagen.«

Sie schaut mir vorsichtig in die Augen, erst so ein bisschen flackernd und dann, als ich nicht wegschaue, fester. Ich schaue zurück, obwohl ich es eigentlich nicht mag, wenn jemand mich so direkt ansieht, aber jetzt gerade gefällt es mir. Erst ist es so ein bisschen wie ein Spiel, wer als Erstes wegguckt. Aber weil keine von uns wegguckt, ist es irgendwann ganz ruhig. Ich stelle fest, die Augen von November sind braun, sind bernsteinfarben mit vielen kleinen gelben und grünen Splittern darin.

»Du hast recht«, sage ich nach einer Weile, »manchmal langweile ich mich hier. Also eigentlich ziemlich oft.«

November schweigt, und das Schweigen ist so, als würde sie Platz lassen für mich, und deswegen spreche ich einfach weiter.

»Ich finde es langweilig, dass alle sich nur noch für ihre Handys und für Jungs interessieren. Oder eben für Mädchen. Also der ganze Liebeskram. Vorher haben unsere Freundschaften gereicht, und jetzt muss es irgendwie immer Liebe sein, damit es zählt.« Ich mache eine Pause und denke nach. November guckt mich aus ihren Splitteraugen an und sagt immer noch nichts. »Ich war noch nie in einen Jungen verliebt. Und ich habe auch gar keine Lust drauf. Es interessiert mich gar nicht.«

Das habe ich so noch nie laut gesagt. Einmal habe ich einen Versuch gemacht, Sofia und Flip davon zu erzählen, aber schon bei den ersten Worten ist mir das, was ich sagen wollte, komisch vorgekommen. So als ob ich irgendwie unnormal bin. Und dann Flips und Sofias Blicke: *Wie, du warst noch nie verknallt?! Komm Magdalena, das sagst du jetzt nur so! Du verarschst uns.*

Ich habe dann lieber nichts mehr gesagt. Aber jetzt, wo ich es neben November ausspreche, klingt es gar nicht komisch.

»Ich war, glaube ich, schon oft verliebt. In alles Mögliche, in Bücher, in Gedanken. Aber in einen Jungen noch nicht. Doch, warte. Einmal. Für einen Tag. Aber dann ging es am Abend wieder weg. Ich weiß nicht, ob das zählt. Jungs sind mir eh egal. Ich würde mein Leben lieber mit einer ...«, November sucht nach dem Wort, »... mit einer Seelenverwandten teilen. Du weißt schon, so jemand, der immer weiß, was ich denke oder fühle. Oder eben alleine. Mit mir selbst. Vielleicht noch mit einem Tier. Ein Fuchs wäre gut.«

Sie denkt einen Moment nach, dann sagt sie: »Die Jungs, die ich kenne, riechen komisch«, und rümpft die Nase.

»Füchse bestimmt auch«, sage ich.

»Stimmt.« November grinst

»Hast du schon mal jemanden geküsst?«, frage ich.

November schüttelt den Kopf. »Nee! Du?«

»Ich auch nicht. Also, nur meinen besten Freund im Kindergarten«, sage ich. »Das zählt irgendwie nicht.«

Dann sitzen wir einfach nebeneinander. Es ist schön, hier neben November zu sitzen und gar nichts zu sagen. Ein Gedanke taucht auf. Ein Sternschnuppengedanke, der kurz da und dann gleich wieder weg ist: Hatte ich schon gehofft, sie hier zu treffen, und bin deswegen heute so früh hierhergekommen?

Mein Blick fällt auf das kleine Heft, das hinten aus ihrer Hosentasche herausragt. »Was schreibst du da eigentlich rein?«, platzt es aus mir raus. Im ersten Moment weiß ich nicht, ob es falsch war, das zu fragen. Kann ja sein, dass das ihr Tagebuch ist oder so.

Sie zieht das Heft aus der Hosentasche und hält es mir hin. »Ich zeichne.«

Ich nehme das Heft und schlag es auf. Es ist voll mit bunten Zeichnungen und kleinen Notizen. Bäume, Menschen, Hunde, Blumen. Dazwischen stehen so Sachen geschrieben wie: *Blume rot einsam am Straßenrand, Katze stolz mit drei Beinen, Wolke in Form von Pilz.* Auf der letzten Seite steht *fast unsichtbarer Regenbogen.* Die Zeichnungen und Notizen berühren einander, reichen bis an die Ränder der Seiten und ergeben so eine Art Netz.

»Das sind Notizen für Sachen, die ich gesehen habe und später zeichnen will«, erklärt sie mir.

Ich blättere bis zur letzten Seite, und dann blättere ich das ganze Heft wieder zurück. November sieht mir dabei zu.

»Gefallen dir die Zeichnungen?«, fragt sie, und dabei kräuselt sie ihre Nase so komisch.

»Gefallen mir«, sage ich. Und das ist noch untertrieben. Ich liebe dieses kleine Heft auf den ersten Blick. Das würde ich ihr eigentlich auch gerne so sagen, aber irgendwie schaffe ich nur dieses *Gefallen mir.* November freut sich trotzdem. Das sehe ich. Sie grinst, starrt auf ihr Heft und wird rot. Ich kenne dieses Gefühl, dass man kurz unsichtbar sein möchte bei einem Kompliment, obwohl man eigentlich stolz ist. Ich würde November jetzt gerne davon erzählen, dass sie damals in der Bibliothek recht hatte. Dass ich Gedichte schreiben will. Dann fällt mir plötzlich ein, dass heute ja unser monatlicher Familienabend ist, auf den Mama und Papa seit der Trennung bestehen. Ich werfe einen Blick auf meine Armbanduhr. Schon halb sechs! Um sechs treffen wir uns in der Pizzeria. Dann machen wir für eine Stunde aus zwei halben Familien wieder eine. Funktioniert natürlich nicht. Wenn du eine zerbrochene Vase wieder zusammenklebst, siehst du ja auch immer den Riss. Und wenn du Pech hast, läuft auch noch das ganze Wasser da durch. Die Vase kannst du also nicht mehr benutzen.

»Ich muss los«, sage ich.

»Jetzt schon?« November sieht mich enttäuscht an.

»Familienkram«, versuche ich zu erklären.

»Treffen wir uns morgen?«, fragt sie.

Obwohl ich an Sofia und Flip denke, daran, dass die beiden mich morgen sicher fragen werden, ob ich mit ihnen zur Pipe komme, sage ich: »Okay. Um drei an der großen Brücke in der Altstadt.« Wenn morgen bei gutem Wetter wieder alle an der Pipe sind, können wir uns auf keinen Fall hier treffen.

»Um drei an der Brücke in der Altstadt«, sagt November.

Mama, Papa und Arthur sitzen schon im Hof vor der Pizzeria. Sie schauen nur kurz auf, als ich mich zu ihnen setze. Mama trägt dunkelroten Lippenstift und die Haare ausnahmsweise offen.

»Gewonnen! Ich habe gewonnen!«, ruft Arthur.

Mama und Papa legen ihre restlichen Karten offen auf den Tisch.

»Mensch Mama, du hättest doch die legen können«, sagt Arthur aufgeregt und deutet auf ein Ass vor Mama. »Dann hättest du gewonnen.«

»O Mist«, seufzt Mama, »völlig übersehen. Muss an dem Wein liegen.«

»Oder am Lippenstift«, sagt Papa. »Die Farbe steht dir übrigens sehr gut!«

Ich weiß nicht, ob ich mich über das Kompliment freuen, oder ob ich es peinlich finden soll. Früher hat Papa Mama oft gesagt, dass er sie schön findet. Aber das war vor der Trennung. Lange davor.

»Findest du?« Mama lacht.

Arthur guckt von Mama zu Papa.

»Ja, finde ich. Ist der neu?«, fragt Papa.

»Wo kommst du denn so spät her, Magdalena?«, fragt Mama jetzt schnell.

Bevor ich antworten kann, wird zum Glück ein großes Tablett mit Focaccia und Getränken serviert, und alle sind erst mal mit Essen beschäftigt. Später, als Mama ihr Geld herausholt, besteht Papa darauf, dass er heute zahlt.

»Aber du hast doch letztes Mal bezahlt. Wir wechseln doch immer ab«, protestiert Mama.

»Weg damit!« Papa wedelt mit der Hand vor Mama herum. »Ich lade euch heute ein. Sucht euch alle noch ein Dessert aus!«, verkündet er feierlich und zeigt auf die Tafel, an der die Desserts des Tages aufgelistet sind.

»Eis«, jault Arthur begeistert auf.

»Jetzt noch ein Dessert?«, sagt Mama.

»Ach komm, sonst trink doch noch einen Wein, ich würde auch noch einen nehmen«, lockt Papa.

»Ich wollte aber noch für die Fahrprüfung lernen«, mosert Mama jetzt.

Bei dem Wort Fahrprüfung zwinkert Papa Arthur und mir zu. »Ach so, na gut, schade, schade. Aber wenn du für den Idiotentest lernen musst ...« Papa grinst, zieht die Schultern hoch.

»Idiotentest?« Arthurs Stimme klingt begeistert.

»So nennt man die schriftliche Fahrprüfung. Weil sie so ...«

»Okay, okay!«, unterbricht Mama ihn. »Ich ergebe mich.«

»Iieeh. Warum übergibst du dich?«, kreischt Arthur.

Mama lacht. »Ich *er*gebe mich, Arthuri. Das heißt, ich leiste keinen Widerstand. Ich lasse die Nacht über mich kommen.«

»Sehr schön gesagt«, haucht Papa.

Und dann tauschen Mama und er einen Blick. Ein bisschen zu lang.

Wer weiß, vielleicht zieht Papa doch noch mal bei uns ein, und alles wird wie früher?

Zu Hause schlage ich das Bärenheft auf. Ob November das kennt, dass man es nie wirklich schafft, dieses eine Gefühl oder dieses eine Bild, das man in sich drinnen hat, aufzuschreiben? Ich muss an ihr kleines Heft denken. Das Schönste daran sind gar nicht die einzelnen Zeichnungen, sondern die vielen kleinen Details zusammen. Es sah aus, als wären die einzelnen Teile nach und nach hinzugefügt worden und dann zu einem Netz zusammengewachsen.

Wahrscheinlich ist ein Gedicht auch nicht einfach auf einen Schlag da. Wie ein Wunder oder so. Wahrscheinlich ist es eine Ansammlung von Wörtern, und zusammen spannen sie ein Netz auf. Ein Netz aus Wörtern, das sich anfühlt wie ein Ort. Ich nehme meinen Füller aus der Federtasche, schraube ihn langsam auf und dann schreibe ich einfach nur drei Wörter.

Orte Mond Erinnerung

7

Oben auf der Schultreppe steht Felix. Tief ins früh-
herbstliche Sonnenlicht getaucht. Steht da und lässt sich
bewundern.

»Wie eine richtig gelungene Statue oder so«, seufzt So-
fia, die Hand schützend über den Augen, den Blick auf
Felix gerichtet. Wir stehen unterhalb der Treppe vor der
Schule und warten auf Flip. Sofias Blick bleibt jetzt an
Yuna hängen, die sich dicht an Felix vorbeischlängelt und
die Treppe runterkommt.

»Die Arme! Stell dir mal vor, du müsstest eine ganze
Geschichte oder, noch viel schlimmer, so ein peinliches
Gedicht schreiben und dann kann jeder Idiot den Quatsch
lesen in dieser Anthrologie«, sagt Sofia, so laut, dass Yuna
es sicher auch hört.

»Anthologie, du Superhirn«, verbessert Flip.

»Sag ich doch!« Sofia tritt Flip mit dem Knie in den
Po. »Arschologie. Obwohl … über Felix könnte ich auch
sofort ein Gedicht schreiben. Ein richtig gutes sogar.« Sie
überlegt kurz. »Du bist der schönste Junge. Ich küsse dich
mit meiner Zunge. Ich küsse dich mit meinem Po und mit
meinen Augen sowieso.«

Dann fängt sie an, dass Gedicht zu singen und dabei zu
tanzen. So lange, bis wirklich alle zu ihr sehen. So lange,

bis Flip sie in den Schwitzkasten nimmt und ihr die Hand vor den Mund hält.

»Klappe halten. Wegen dir müssen Magdalena und ich uns schämen.«

Jetzt kommt Felix die Treppe hinunter. Er läuft viel zu nahe an mir vorbei. So nahe, dass sein Arm meinen streift.

»Da läuft er, hinterher, hinterher«, trällert Sofia und zieht Flip am Ärmel hinter Felix her. Es ist Zeit, an die Pipe zu gehen.

»Kommst du nicht mit?«, fragt Flip.

»Keine Zeit heute«, sage ich.

Flip und Sofia wechseln einen Blick. Einen, den ich nicht mitbekommen soll. Doch er ist schwer zu übersehen. Komisch, eigentlich müssten sich Flip und Sofia ja blöd fühlen, weil ich ihren Blick gesehen habe, stattdessen fühle ich mich jetzt blöd.

»Warst du gestern mit dem Mädchen mit den blauen Haaren an der Pipe?«, fragt Flip. Woher weiß der das denn jetzt schon wieder?

»Häh? Mit welcher Blauhaarigen?«, sage ich, um Zeit zu gewinnen.

»Du weißt schon.«

Ich schüttele den Kopf.

»Keine Ahnung, wen du meinst.«

»Mit der wütenden Blauen, mit der, die Elias' Fahrrad geschrottet hat und sich in Luft auflösen kann!« Sofia kichert. »Maja meinte, irgendjemand aus der Klasse hätte dich gestern da gesehen. Zusammen mit der Blauhaarigen.«

Ich schnappe nach Luft. Wieso kann man in dieser Stadt nie etwas machen, ohne dass man dabei von irgendjemandem beobachtet wird? Das ist wirklich zum Ausrasten. Haben die anderen denn kein eigenes Leben?

»Wer erzählt denn so einen Scheiß? Natürlich war ich bei dem Regen nicht an der Pipe«, blaffe ich Flip an. Ich könnte auch einfach sagen, dass es stimmt, dass ich gestern an der Pipe war und auf sie beide gewartet habe. Dass sie aber nicht gekommen sind, aber dafür November dort war. Dass es schön war, mit ihr zu sprechen.

»Lass sie in Ruhe, Flip. Du bist immer so neugierig.«

Das muss gerade Sofia sagen. Jetzt legt sie den Arm um mich, und ich kann die Seife riechen, die Sofias Mutter im Sommer immer aus Marseille mitbringt, und mit der sie eigentlich alles wäscht. Ein Geruch, den ich sehr mag.

»Und heute? Kommst du heute mit uns mit?«, fragt Sofia.

»Geht nicht. Heute soll ich Mama beim Ausmisten helfen.« Das ist mir gerade so eingefallen. Ausmisten klingt zwar überhaupt nicht nach Mama, aber okay. Um Flips zweifelnden Blick wegzuwischen, sage ich noch: »Keller. Habe ich ihr schon länger versprochen.«

November und ich treffen uns an der großen Brücke, ein ganzes Stück von der Schule und der Pipe entfernt. Ich habe trotzdem Angst, dass uns jemand hier sieht und Sofia und Flip davon erzählt, deswegen schlage ich vor, den kleinen Pfad runter zum Fluss zu nehmen. Sehr unwahrscheinlich, dass hier unten jemand aus meiner Klasse vorbeikommt. November schaut den schmalen Booten hinterher, mit denen die Leute bei gutem Wetter den Fluss hinauf- und hinunterfahren.

»Es ist schön hier«, sagt sie. »Eigentlich bin ich ja nur für drei Wochen in der Stadt. Aber ich könnte auch länger bleiben, wenn ich will.«

»Hast du gar kein Heimweh?«, frage ich.

»Nein. Ich mag den neuen Freund von meiner Mutter nicht. Immer sitzt er irgendwo in der Wohnung herum und guckt auf sein Handy. Aber eigentlich beobachtet er mich. Er wartet darauf, dass ich einen Fehler mache. Er ist ein Wachhund.«

Sie guckt mich an. Sie sieht traurig aus, und ich habe das Gefühl, dass sie in meinem Gesicht nach Zeichen sucht, ob ich sie verstehe.

»Manche Menschen haben die Kraft, eine ganze Wohnung zum Schweigen zu bringen.« Dann starrt sie einen Moment in die Weite. »Was ist das da vorne?«

Von hier aus ist die Spitze des Riesenrades zu sehen, das gerade auf dem Festplatz aufgebaut wird. Ich würde gerne wissen, was genau das für Fehler sind, nach denen der Wachhund sucht, aber November sieht jetzt nicht mehr so traurig aus, deswegen frage ich lieber nicht nach.

»Das ist das Riesenrad vom Herbstfest. Geht nächste Woche los«, sage ich stattdessen.

»Ich habe schlimmste Höhenangst!«, seufzt November. »Ich sterbe, wenn ich irgendwo hoch oben bin. Wir könnten zusammen auf das Fest gehen. Gleich am ersten Tag!« November sieht mich mit großen Augen an.

»Am ersten Tag geht die ganze Stadt hin. Es ist so, so voll«, sage ich.

»Dann gehen wir da auch hin!«

»Es dauert aber noch, bis es eröffnet«, sage ich.

»Egal. Ich glaube, ich geh nicht mehr nach Hause. Ich bleibe hier.«

»Und deine Mutter? Will sie nicht, dass du wieder nach Hause kommst?«, frage ich.

Novembers Blick verdüstert sich. »Die vermisst mich nicht. Ich könnte auch für immer wegbleiben, und es würde sie nicht interessieren.«

Das klingt so traurig. Ob November das wirklich glaubt? So blöd ich das Hin und Her zwischen Papas und unserer alten Wohnung auch finde, ich hatte nie das Gefühl, dass es Mama oder Papa egal ist, ob ich da bin oder nicht. Ich will irgendwas Gutes sagen. Etwas Tröstendes, etwas, das eine Seelenverwandte sagen würde. Mir fällt nichts ein. Nichts ist kein Trost. Nichts ist nur ein weiteres Loch, in das man fallen kann, und deswegen greife ich nach Novembers Hand. Erst bin ich unsicher, aber November schließt ihre Finger um meine und hält sie ganz fest. Ihre Hand ist viel wärmer, als ich erwartet habe. Hand in Hand gehen wir am Fluss entlang.

»Soll ich dir etwas zeigen, etwas richtig Schönes?«, fragt November nach einer Weile.

»Was denn? Wo denn?«, frage ich.

November deutet in Richtung der Innenstadt. Ich merke, wie ich nervös werde. Ich will auf keinen Fall jemanden aus der Schule treffen. Magdalena Hand in Hand mit der Blauen. Das Gerede in der Klasse kann ich mir schon vorstellen.

»Komm einfach mit«, sagt November.

Sie zieht mich den kleinen Weg zur Altstadt hoch. Oben angekommen schaue ich mich um. Ich kann niemanden sehen, trotzdem lasse ich Novembers Hand schnell los.

Langsam laufen wir durch die kleinen verschlungenen Gassen. Meine Hand brennt dort, wo Novembers Hand eben noch war. Oder brennt sie, weil Novembers Hand jetzt nicht mehr da ist? Vor dem Schaufenster eines kleinen Schmuckladens bleibt November stehen, drückt ihre Stirn an die Glasscheibe.

»Rate«, sagt sie. »Rate, was ich meine.«

Ich lasse meinen Blick über die Auslage wandern. Silberne Armreifen, große goldene Creolen, lange bunte Ketten – alles liegt und hängt hier durcheinander.

»Keine Ahnung«, sage ich.

»Natürlich weißt du es«, sagt sie. »Du musst.«

Mir wird ganz heiß, und ich habe das Gefühl, dass es eine Art Prüfung ist. Schafft Magdalena es, das richtige Schmuckstück herauszusuchen, um ihrer neuen Freundin zu beweisen, dass sie zusammengehören? Mein Blick fällt auf einen kleinen goldenen Fuchs an einem roten Band, und in dem Moment weiß ich, dass es nur das sein kann.

»Das Armband mit dem Fuchs.«

November strahlt mich an. »Es ist toll, oder?«

Ich nicke.

»Es ist das schönste Armband, das ich je gesehen habe«, flüstert November.

Das Armband ist wirklich sehr schön. Es ist anders als der andere Schmuck hier in der Auslage. Kleiner, feiner. Der zusammengerollte Fuchs leuchtet golden in der Sonne. Sehnsüchtig blickt November auf das Armband. Die Stirn fest an die Scheibe gepresst.

»Ich würde es mir sofort kaufen, wenn ich das Geld hätte. Aber ich hab kein Geld«, seufzt sie.

Ich denke an die Spardose auf meinem Schreibtisch. Daran, dass sie randvoll ist.

Als wir uns später an der Brücke voneinander verabschieden, fragt November mich, ob ich am Wochenende bei ihr übernachten will.

»Angie ist bei einem Workshop, und ich bin alleine zu Hause«, sagt sie.

Klar, will ich bei November übernachten. Auf jeden Fall will ich das, denke ich.

Aber das ist nicht das, was ich ihr antworte. Ich antworte: »Ich weiß nicht, ob meine Eltern das erlauben. So ganz alleine.« Warum kann ich nicht einfach sagen: Ja! Warum muss ich immer so zögerlich, so vernünftig, so Magdalena-mäßig sein?

»Du bist ja nicht alleine! Ich bin ja da!«, entrüstet sich November. »Außerdem können wird jederzeit bei den Nachbarn klingeln.« Dann legt sie den Kopf schief, grinst breit und sagt: »Wir machen eine richtige Übernachtungs-party. Ich freu mich schon!« Das klingt, als ob die Sache schon entschieden wäre.

Als ich zu Hause ankomme, hat Mama Besuch. Es ist ein Mann. Mama und er sitzen in der Küche und trinken Bier, während Arthur vor ihnen herumtanzt. Als ich in die Küche komme, stürzt er sich auf mich.

»Du glaubst nicht, was passiert ist!«

Ich muss mir Mühe geben, den Typen neben Mama nicht anzustarren.

»Ich habe ihn verschluckt!«, ruft Arthur mit bebender Stimme.

Es ist der Typ, den ich neulich vor Mamas Praxis gesehen habe.

»Den Zahn! Ich habe ihn mit dem Pausenbrot zusammen aufgegessen. Ich kann mir also nix von der Zahnfee wünschen.« Arthur klingt jetzt so, als ob er gleich anfangen wolle zu weinen. Er reißt den Mund auf, und jetzt sehe ich die kleine Lücke in der Zahnreihe, vorne unten. Armer Arthur. Er hatte sich so auf seinen ersten rausgefallenen Zahn gefreut.

»Igor ist das auch schon mal passiert«, verkündet Arthur jetzt. »Er sagt, das bringt Glück!«

Der Mann hebt die Hand und grinst schief. »Hallo, Magdalena. Ich bin Igor.«

Das ist also tatsächlich Igor. Igor, dessen Geschenk Mama schnell in der Manteltasche verschwinden, und dessen Name sie rot werden lässt.

Dieser Igor sieht viel jünger aus als Mama. Er sieht aus wie ein Student, in seinem abgewetzten Sakko und der Jeans. Dieser Igor kennt sich anscheinend mit Milchzähnen aus. Oder er tut so.

»Ich dachte, ich koche heute mal was für euch«, sagt
er jetzt.

Er hat Pierogi mitgebracht, die sehen aus wie Ravioli
und sind mit Sauerkraut und Pilzen gefüllt. Während er
sie zubereitet, redet er wie ein Wasserfall, redet davon,
dass seine Tante die leckersten Pierogi herstellt. Diese hier
sind aber nicht von seiner Tante. Selbstgemacht sind sie
trotzdem von irgendeinem Typen mit irgendeinem kleinen polnischen Supermarkt. Mama steht neben dem Herd
und nickt und sagt »ach ja?« und strahlt.

»Das sind die besten Pierogi, die es in der ganzen Stadt
gibt«, sagt Igor.

Als ob das so eine große Kunst ist, in dieser kleinen
Stadt hier die besten Pierogi zu besorgen. Wahrscheinlich
werden sie nur in diesem einen Laden verkauft, denke ich
und merke, wie meine Laune immer schlechter wird.

Zum Essen hat Mama Kerzen angemacht und Baguette
aufgeschnitten. Ob das so polnisch ist? Na ja. Davon
klebt ihr auf jeden Fall ein Krümel im Mundwinkel. Ich
kann gar nicht hinschauen, so doof sieht das aus. Sagen
will ich aber auch nichts.

»Warte mal, Mara«, sagt Igor.

Dann streicht er mit der Fingerspitze ganz vorsichtig
diesen Krümel aus Mamas Mundwinkel. Und Mama
lächelt dabei. Peinlich. Von dem ganzen Pierogi-Gerede
und dem Krümel-aus-dem-Mund-streichen mal abge-
sehen, ist Igor nicht ganz blöd. Zumindest ist er nett zu
Arthur, lässt sich noch einmal die ganze Geschichte vom

verschluckten Zahn erzählen und dann stundenlang irgendwelche Ballettfiguren von ihm zeigen, und sein Interesse daran wirkt gar nicht so erwachsenenmäßig gespielt, so *ah-ja-interessant-und-jetzt-lass-mich-bitte-in-Ruhe-damit-mäßig*, sein Interesse wirkt ziemlich echt. Als ich auf seine Frage *»Machst du auch Ballett?«*, nur »Nö, warum sollte ich«, antworte und sonst nichts und dafür einen strafenden Blick von Mama ernte, da reagiert er ganz lässig.

»Verstehe«, sagt er, grinst kurz und wendet sich dann wieder Arthur zu.

Offensichtlich hat er verstanden, dass ich keine Lust habe, mit ihm zu reden. Dass dieser Igor ganz okay ist und seine Pierogi ziemlich lecker sind, macht alles noch komplizierter. Es wäre einfacher, ihn einfach nur blöd zu finden.

Ich versuche Igor zu ignorieren, weil ich es doof finde, dass er einfach hier auftaucht und für uns kocht. Soll dieser Igor doch für irgendeine andere Frau da draußen in der Welt kochen und ihr Krümel vom Mund streichen. Außerdem, Mama hätte uns doch auch fragen können, ob wir wollen, dass er hier in unsere Wohnung kommt. Ich frage sie ja auch, bevor ich Freunde einlade. Andererseits, Arthur freut sich ja offensichtlich über den Besuch, und ich will ihm den Abend nicht verderben. Und Mama eigentlich auch nicht. Aber ich kann auch nicht so tun, als wäre es total okay für mich, dass hier plötzlich dieser Igor in der Küche steht. Ich kann nicht so tun, als sei das okay, wenn es irgendwo in der Nähe von meinem Herzen richtig fies brennt, weil ich jetzt an Papa denke und gleichzeitig Igor hier sitzen sehe.

Nach dem Essen will Arthur Papa anrufen. Er will ihm das mit dem Zahn erzählen, und auch dass es Glück bringt, Milchzähne zu verschlucken. Doch Mama ist dagegen.

»Ich will nicht, dass du Papa so spät noch anrufst.«

»Ich will es ihm aber jetzt erzählen«, sagt Arthur und stampft mit dem Fuß auf.

»Erzähl es ihm, wenn du ihn siehst, mein Süßer.«

Arthur steht noch einen Moment da, in seinen Augen sammeln sich Tränen, dann rennt er aus der Küche. Laut knallend fällt die Tür hinter ihm zu.

»Kann er ihn nicht kurz anrufen?«, fragt Igor.

Mama schüttelt vehement den Kopf. Dann sagt sie ganz leise etwas in Igors Richtung. Obwohl ich doch auch noch in der Küche bin. Als ob Igor das alles etwas angeht, Papa, Arthurs verlorener Zahn, dieser ganze Wechselkram. Das ist doch eine Sache zwischen Mama, Papa, Arthur und mir. Ich versuche, Mama einen bösen Blick zuzuwerfen, aber sie merkt es gar nicht. Stattdessen legt sie jetzt ihre Hand auf Igors Schulter,

»Ich muss mal kurz nach ihm gucken«, sagt sie dann und geht Arthur hinterher.

Jetzt sitzen nur noch Igor und ich in der Küche. Im Hintergrund rumort die Spülmaschine, gibt rülpsende Geräusche von sich. Igor scheint auch nicht zu wissen, was er sagen soll. Er zuckt nur stumm mit den Schultern und grinst schon wieder ein bisschen schief.

Später an diesem Abend schreibe ich genau drei Wörter in mein Heft.

Tränen Zuhause Nacht

Dann lege ich das Heft unter mein Kopfkissen. Die Wörter machen mich glücklich. Sie helfen gegen das schlechte Gefühl. Wahrscheinlich ist es wirklich so, wahrscheinlich können Wörter wie Bären sein. Wahrscheinlich können sie einen trösten.

8

Das Erste, woran ich am nächsten Morgen beim Auf-
wachen denke, ist ein Wort mit I. *Igor.* Zwar ist er gestern Abend relativ schnell gegangen. Trotzdem habe ich
das Gefühl, dass die ganze Wohnung noch nach Pierogi
riecht. Deswegen muss ich gleich morgens an Igor denken
und dann natürlich an Papa. Daran, was er wohl sagen
wird, wenn er erfährt, dass Mama einen Mann einlädt,
der für uns kocht. Das darf er nicht erfahren. Das würde
ihn nur traurig machen.

Außerdem finde ich Mamas gute Laune und ihr brei-
tes Lächeln, das um sieben Uhr morgens immer noch in
ihrem Gesicht hängt, ungefähr so wie die Torten in der
Konditorei, die nur aus buntem Fondant bestehen, völlig
übertrieben. Mir wird richtig schlecht davon. Deswegen
beeile ich mich, aus dem Haus zu kommen. Viel zu früh
eigentlich, aber dafür kann ich dann auf dem Weg zur
Schule trödeln. In Zeitlupe setze ich einen Fuß vor den
anderen. Jeder Schritt ein Buchstabe:

I
G
O
R

»Igor? Was ist denn das für ein Name?«, sagt Sofia in der großen Pause.

»Ein polnischer Name, glaube ich«, sage ich.

»Ich liebe die polnischen Jungs«, ruft Sofia begeistert. »Die sind so gefühlvoll!«

Kurz hatte ich gedacht, dass es möglich wäre, Sofia und Flip von gestern Abend zu erzählen. Dass sie mich irgendwie verstehen oder mich trösten. Aber da sind sie wieder, die großen Überschriften.

»Welche Jungs kennst du denn aus Polen, außer Herrn Grusowski?«, fragt Flip. Herr Grusowski ist so ziemlich der älteste Lehrer an unserer Schule.

»Na, Kasimir aus der 8e!«

»Der? Der heult doch ständig wegen jedem Scheiß.«

»Eben! Er heult übrigens nicht. Er vergießt Tränen.«

Flip zeigt Sofia einen Vogel. »Der ist einfach eine Heulsuse. Schon immer gewesen.« Dann legt er den Arm um mich. »Du Arme. Wenn meine Mutter so einen Typen mitbringen würde, fände ich das auch echt kacke.«

»Ja, sowieso, ich auch. Du Ärmste aller Armen!« Sofia hakt sich von der anderen Seite bei mir unter.

Kurz fühle ich mich getröstet, fühle mich aufgehoben in der Wärme von Flips und Sofias Körpern. Einen Moment lang ist es fast so wie früher. Und eigentlich hätte ich gerne, dass das Gefühl so bleibt. Aber dann schaue ich Flip und Sofia von der Seite an, ihre gutgelaunten Gesichter, und denke, dass sie das natürlich kacke fänden. Nur wird es bei ihnen nicht vorkommen, weil ihre Eltern eben noch zusammen sind. Und deswegen werden sie nie wirklich wissen, wie das ist, wenn da plötzlich so ein Typ in der Küche steht und Pierogi kocht und ihrer Mutter Krümel aus dem Mund streicht. Wie genau sich das anfühlt, davon haben sie keinen Plan. Das denke ich, sage aber nichts. Sofia und Flip können schließlich nichts dafür, dass ihre Eltern noch zusammen sind. Sie können auch nichts dafür, dass Mama und Papa sich außer Schweigen nichts mehr mitzuteilen hatten. Und der ganze Kram, der danach kam, das Ausziehen, das Aufteilen, das Hin und Her, dafür können die beiden auch nichts. Trotzdem fühlt es sich manchmal so an, als wären Flip und Sofia irgendwie auch schuld an allem. Liegt vielleicht daran, dass davor alles gleich bei uns dreien war: Vater, Mutter, Kinder, alle in einer Wohnung. Frühstück, Mittagessen, Abendessen, Weihnachten, Ostern, Geburtstage, gemeinsame Ferien. Und jetzt komme ich mir vor wie ein Alien. Die Einzige, bei der nichts mehr richtig ist. Alles sitzt irgendwie schief. Ich tue mir so richtig leid, während ich das denke, und merke gar nicht, dass Sofia offenbar mit mir redet, auf jeden Fall zupft sie jetzt an meinem Sweatshirt, guckt mich an und scheint auf eine Antwort zu warten.

»Also, stimmt das jetzt, oder nicht?«, sagt sie.

»Was?«, frage ich.

»Dass du, wenn du uns erzählst, dass du Keller aufräumen musst, eigentlich mit der Blauen abhängst?«

Schon wieder November. Ich bin heute zu müde zum Lügen, deswegen nicke ich stumm.

»Warum lügst du uns denn an? Wir sind doch deine

besten Freunde.« Sofia sieht mir fest in die Augen. Ich gucke schnell weg.

»Ich habe nicht gelogen. Ich musste den Keller wirklich aufräumen«, verteidige ich mich. »Es ging nur schneller als gedacht.«

Sofia zieht die Augenbrauen hoch. »Schwörst du bei deinem Fuß?«

»Ja«, sage ich und kreuze in der Tasche meine Finger, weil ich wirklich Angst habe, dass mein Fuß abfällt, wenn ich lüge.

»Du hast doch gesagt, du kennst die gar nicht.« Sofia ist ganz aufgeregt.

Ich zucke mit den Schultern.

»Stimmt es wirklich, dass die zu Hause rausgeflogen ist?«, fragt sie weiter.

»Wer sagt das denn?«, fauche ich.

»Hört man so!«

Warum muss Sofia immer jemand kennen, der jemanden kennt, der wiederum jemanden kennt, der den allerneusten Klatsch weiß. Ich mache die Augen zu. Hinter den geschlossenen Augen fühlt es sich so an, als sei ich gar nicht hier. Hinter den Augen fühlt es sich so an, als könnte ich überall sein. An jedem Ort.

»Würde ja auch passen wegen der komischen Kleider und so«, sagt Sofia.

Was haben Novembers Kleider denn jetzt damit zu tun?

»Die Arme«, höre ich Flip seufzen.

»Was ist mit deinen Augen, Magdalena?«

»Was soll mit denen sein?«, frage ich, ohne die Augen dabei zu öffnen.

»Sie sind die ganze Zeit zu.«

Ach nee! Jetzt öffne ich die Augen und schaue in die von Sofia. Ihr Gesicht hängt direkt vor meinem.

»Wir wollen sie kennenlernen!«, verkündet sie.

Ich rieche den scharfen Kirsche-Menthol-Geruch ihres Kaugummis.

»Krieg ich einen?« Ich halte Sofia die offene Hand hin, und Sofia zupft eine Kaugummipackung aus ihrer Hosentasche und drückt mir drei Stück in die Hand.

»Wenn du sie magst, mögen wir sie bestimmt auch.«

»Ja, komm, wir wollen sie kennenlernen!«, sagt Flip.

Sofia: »Bitte, bitte, bitte. Bitte, bitte, bitte, bitte.«

Na gut. Okay. »Ich frage sie mal«, sage ich.

»Du bist die Beste der Besten!«, singt Sofia, und Flip gibt mir einen Kuss auf die Wange.

»Der besten, besten Besten«, trällert Flip weiter.

Dann haken die beiden sich fest bei mir ein, und Sofia fängt an: »Ein Hut!«

»Ein Stock«, fährt Flip fort.

Jetzt muss ich sagen: »Ein Regenschirm.« Das alte Spiel. Ich kann mich nicht erinnern, wie oft wir das schon zu dritt gespielt haben. Wer an der Seite laufen muss, macht die Pantomimen für Hut, Stock und Schirm und dann alle zusammen: »Vorwärts, rückwärts, seitwärts, ran. Hacke, Spitze, hoch das Bein!«

Bei *Hoch das Bein* schmeißen wir unsere Beine, so hoch es geht, in die Luft – auch auf die Gefahr hin, dass wir alle zusammen auf den Boden fallen. Denn eigentlich ist das das Beste, das gemeinsame Hinfallen.

»Ein Hut, ein Stock, ein Regenschirm. Vorwärts, rückwärts, seitwärts, ran. Hacke, Spitze, hoch das Bein!«, singen wir, singen es in Schleife. So stolpern wir kichernd die Straße entlang. November fände das Spiel bestimmt auch lustig.

Wer weiß, vielleicht verstehen die drei sich ja wirklich.

9

Papa hat erlaubt, dass ich bei November übernachte. Es ist Samstagnachmittag. Wir sind bei Angie in der Wohnung. Angie ist noch da. Sie ist nett und sieht gar nicht wie eine Oma aus. Sie hat lange blonde Haare, trägt große Ohrringe und eine wallende Hose. Sie läuft seit Ewigkeiten durch die Wohnung, sammelt verstreute Unterlagen, Handy, Jacke und Schlüssel ein. November blinzelt mir zu und verdreht die Augen. Jetzt hat Angie endlich ihre ganzen Sachen zusammen, steht vor uns, guckt uns prüfend an.

»Also dann Mädchen«, sagt sie. »Macht es euch gemütlich. Chips sind im Schrank. Wenn irgendwas ist, geht ihr zu den Nachbarn nach unten. Die wissen, dass ihr alleine seid. Mein Telefon ist auch an. Wissen deine Eltern auch sicher, dass ihr hier über Nacht alleine seid? Ist das okay für sie? Vielleicht hätte ich sie doch noch mal anrufen sollen ...«

»Ja, ja, ja. Wissen sie«, sagt November. »Mach dir keine Sorgen, du bist doch die coolste Oma der Welt. Tschüs, Angie. Bis morgen. Hasta la vista!« Damit schiebt November die lachende Angie aus der Tür.

»Endlich alleine!«, seufzt sie.

Durch das Fenster des Wohnzimmers fällt Sonnenlicht

und blendet mich so, dass ich überall goldene Punkte sehe. Ich kneife die Augen zusammen, und mir fällt ein, dass ich schon beim ersten Treffen mit November diese Punkte gesehen habe. Als ob es ständig goldenes Konfetti regnen würde, wenn wir zusammen sind, denke ich.

»Und jetzt?«, frage ich.

November will unbedingt wissen, was Flip, Sofia und ich, was wir so machen, wenn wir zusammen sind.

»Nichts Spannendes. Wir hängen an der Pipe rum. Wir spielen *Was würdest du lieber machen*«, sage ich. »Es gibt immer zwei Möglichkeiten, und dann muss man ankreuzen, was man weniger schlimm findet.«

»Zum Beispiel?«

»Was würdest du lieber machen, den ekligen Typen küssen oder eine Tube Zahnpasta essen.«

»Und das muss man dann wirklich machen?«, fragt November interessiert.

»Nö«, sage ich, »ist nur ein Gedankenspiel.«

»Voll langweilig.« November klingt enttäuscht.

»Sag ich ja.«

»Was würdest du machen, wenn du richtig mutig wärst?«, fragt November.

»Keine Ahnung«, sage ich. »Habe ich noch nie überlegt.«

»Ich würde mit diesem Riesenrad fahren, das wir gesehen haben. Guck mal, schon wenn ich das Wort *Riesenrad* nur sage, kriege ich sofort Gänsehaut«, sagt November. Sie hält mir ihren Arm unter die Nase. Ich kann die aufgestellten Haare nicht sehen, dafür aber den Geruch ihrer Haut riechen. Novembers Haut riecht warm und irgendwie nach Kakao mit Zimt oder so. Auf jeden Fall gut.

»Warum willst du es dann machen?«, frage ich.

»Weil ich es mit dir zusammen machen will! Mit dir zusammen würde ich mich trauen. Und du, was würdest du machen?«

Ich zucke mit den Schultern. »Vielleicht irgendwas an mir verändern«, sage ich.

»Wir könnten uns ein Freundschaftstattoo stechen«, ruft November. »Mit einer Stecknadel und Tinte. Ist ganz einfach.«

»Lieber nicht«, sage ich.

November betrachtet mich von oben bis unten. »Okay, und was ist mit deinen Haaren?«

»Die sind schon immer genau so. Glatt. Lang und braun wie Vollkornspaghetti«, sage ich.

»Blau!«, ruft November. »Willst du blaue Haare haben?«

Ich schüttle den Kopf. »Du hast ja schon blaue Haare. Das ist ja nachgemacht.«

»Ist es gar nicht!«, ruft November aus. »Es ist ein Kompliment für mich! Wirklich!«

Ihre Augen funkeln.

»Ich habe noch was von der Farbe!«

Eine Stunde später stehen wir in Angies Badezimmer vor dem großen Spiegel. November steht hinter mir, ihre Augen leuchten. Sie legt den Kopf schief und schaut mich durch den Spiegel an.

»Du siehst jetzt viel mehr aus wie du«, verkündet November feierlich.

Ich weiß nicht, ob das stimmt. Ich sehe auf jeden Fall ganz anders aus. Meine Haare sind nicht so ausgewaschen graublau wie Novembers. Sie sind wirklich knallblau. Ich muss die ganze Zeit in den Spiegel gucken. Wenn ich mich jetzt auf der Straße sehen würde, denke ich, dann würde ich mir nachgucken und wahrscheinlich wirklich denken: *Die ist ja mutig.* Der Gedanke gefällt mir.

Als es dunkel geworden ist, zieht November aus einer Schublade zwei Nachthemden mit Sternen hervor.

»Die Sterne leuchten im Dunkeln. Sie sind … fluoris-dingsbums …« November sucht nach dem richtigen Wort.

»Fluoris-dingsbums?«

»Du weißt schon, man muss sie im Licht aufladen.«

»Fluoreszierend?«

»Mein ich doch!«

Sie hält mir eines der Nachthemden hin. Es sieht aus wie ein Lieblingsnachthemd, ein bisschen alt, ein bisschen abgewetzt und sehr gemütlich. Dann schlüpft sie aus ihrem Sweatshirt. Ich bin froh zu sehen, dass sie auch noch keinen BH trägt und das, obwohl sie schon deutlich mehr Busen hat als ich. Stattdessen trägt sie ein mit Micky Mouse bedrucktes Unterhemd mit so kleinen Zähnchen am Träger. Als sie meinen Blick bemerkt, guckt sie an sich herunter.

»Findest du etwa, ich muss schon so einen blöden BH tragen?«

Ich schüttle den Kopf.

»Gut. Finde ich nämlich auch nicht. Viel zu ungemütlich.«

Sie schlüpft, ohne sich von mir wegzudrehen, aus dem Unterhemd und steht dann einen Moment nur in Unterhose vor mir, bevor sie sich das Nachthemd über den Kopf zieht. Dann hüpft sie von einem Bein aufs andere, und ihre Brüste unter dem Nachthemd hüpfen mit, und es scheint sie überhaupt nicht zu stören.

Ich stehe da, den einen Arm halb noch im T-Shirt verhakt, den anderen schon im Nachthemd, und komme nicht weiter. November guckt mich an, wie ich da so stehe in dieser seltsam verhakten Haltung. Sie zieht eine Augenbraue hoch und lacht.

»Soll ich weggucken? Dann musst du dich nicht noch mehr verknoten.«

Was ist eigentlich so schlimm daran, wenn sie mich nackt sieht?

November holt zwei braune Schlapphüte aus einem Schrank, die setzen wir uns auf. Wir schauen uns im großen Spiegel im Bad an.

»Wir sehen richtig krass gut aus!«, seufzt November. »Jetzt laden wir die Nachthemden mit Mondlicht auf.«

Dann laufen wir raus, rennen barfuß über den Rasen im Hinterhof. Aus einer der Wohnungen im Hochparterre ist gedämpft Musik zu hören. November hüpft zum

Fenster, stellt sich auf Zehenspitzen und späht hinein. Sie winkt mich zu sich.

»Guck dir mal das Geknutsche da an«, flüstert sie.

Ich stellte mich neben November auf die Zehenspitzen. Es stehen bestimmt zehn Leute in der Küche. Scheint eine Party zu sein. An den Küchentisch gelehnt steht eine junge, sehr große Frau über einen Mann gebeugt. Ihre Arme sind wie lange Schlangen um ihn gewunden, und während sie ihn küsst, fährt sie mit ihren Händen mit den vielen Ringen immer wieder durch sein Haar.

»Sieht so aus, als würde sie ihn gleich aufessen«, flüstere ich.

»Das ist Nora, unsere Nachbarin. Ich glaube, sie ist eine Hexe«, kichert November.

»Warum?«, frage ich leise.

»Ach, einfach so, weil sie eigentlich immer alleine ist, und weil sie so unfassbar cool ist.« Novembers Stimme bebt.

»Sind Hexen denn so cool?«

»Natürlich sind sie das!« November schreit fast vor Empörung über diese Frage.

»Sie sind die allercoolsten«, flüstert sie. »Sie haben Geheimwissen. Ich hoffe, ich werde mal eine.«

»Vielleicht bist du ja schon eine«, flüstere ich.

»Vielleicht«, verkündet November und dann lauter: »Hoffentlich, hoffentlich, hoffentlich.«

Das Fenster wird geöffnet, die Nachbarin streckt den Kopf raus, winkt uns zu und wendet sich wieder der Party zu. Laute Musik flutet den Hinterhof. November fängt an zu tanzen. Nicht so eine *Choreo*, wie Yuna und die anderen sie immer an der Rampe tanzen und dann ins Internet stellen. Novembers Tanz ist wild. Es sieht fast so aus, als würden ihre Arme und Beine alles, was möglich ist, ausprobieren. Erst gucke ich nur zu und kichere vor mich hin, weil der Tanz einfach so wild und so abgefahren aussieht, aber dann mache ich mit. Irgendjemand da drinnen dreht noch lauter. Wir rennen, hüpfen und schweben zur Musik durch den Hof, wir stoßen gegeneinander, lassen die Arme kreisen und drehen uns. Ich mache Bewegungen, die ich noch nie gemacht habe. Bewegungen, von denen ich nicht mal wusste, dass mein Körper die kann.

Dann geht oben ein Fenster auf und eine Männerstimme schreit in den Hof, dass wir die Musik leise machen sollen. Und zwar umgehend!

Normalerweise würde ich jetzt sofort aufhören zu tanzen und schnell ins Haus gehen, aber heute ist es mir egal. Soll er doch schreien, bis er heiser ist. Wir tanzen einfach weiter. Ich schaue November an, und ich habe das Gefühl, als ob wir uns schon ewig kennen.

Irgendwann brüllt der Mann, dass er gleich persönlich runterkommt. Er klingt jetzt richtig wütend. Der Kopf der Nachbarin erscheint unten im Fenster.

»Okay! Alles klar, Alter!«, brüllt sie nach oben. »Und was ist der Zauberspruch?«, schreit sie, den Oberkörper weit aus dem Fenster gelehnt.

»Ich rufe die Polizei!«, schreit der Mann.

Die Nachbarin streckt ihren Mittelfinger in Richtung des Fensters. Dann gibt sie uns ein Zeichen, dass es ihr leidtut, und schließt das Fenster. Die Musik ist nur noch gedämpft zu hören.

Wir bleiben stehen, ein bisschen atemlos, schauen uns an, lachen.

»Was ist denn der Zauberspruch?«, frage ich November.

»Keine Ahnung«, sagt November und lacht. »*Ich rufe die Polizei* ist es bestimmt nicht.«

Dann hüpft sie in die Mitte des Hinterhofes, das Gesicht zum Mond gerichtet, und schreit: »Liebe Göttin, lass mich eine Hexe sein!«

Ich stelle mich zu November, und wir schreien zusammen: »Liebe Göttin, lass uns Hexen sein! Liebe Göttin, lass uns Hexen sein!«

Wir strecken die Arme in die Luft und lassen uns vom Mond bescheinen, um unsere Nachthemden mit Licht aufzuladen.

Weil aber das Licht des halben Mondes nur so diesig, milchig auf uns herabfällt, geben wir irgendwann auf und stellen uns stattdessen unter die Beleuchtung im Eingang vom Hinterhof. Eine grelle, insektenartig surrende, nackte Glühbirne. Wenn das Licht ausgeht, das Surren verstummt, dann hüpfen wir so lange herum, bis es durch den Bewegungsmelder wieder angeht. Es ist kalt hier draußen unter der singenden Lampe, barfuß und nur im Nachthemd. Kalt, aber schön. Als wir irgendwann doch beschließen, reinzugehen, nebeneinander, zitternd und Zähne klappernd die Treppe hinauflaufen, geht das Licht im Treppenhaus aus, und mit einem Mal ist es ganz dunkel.

Wirklich dunkel.

So dunkel, dass man gar nichts mehr sieht. Nur noch die Sterne auf unseren Nachthemden leuchten.

»So soll es immer sein«, flüstert November. »Jetzt, wo wir uns getroffen haben, wollen wir einander immer sehen können. Auch wenn alles ganz dunkel ist.«

Sie greift nach meiner Hand. Novembers Hand ist genauso warm wie letztes Mal. Ich nehme mir selbst das Versprechen ab, diese Hand nie wieder loszulassen, nur weil ich Angst habe, dass uns jemand sehen könnte. Auch dann nicht, wenn die ganze Klasse uns entgegenkommt. Die ganze Schule. Auch dann nicht.

»Versprochen!«, flüstere ich.

»Was?«, flüstert November.

»Ach, nichts«, flüstere ich.

»Und wenn wir ganz alt sind. So richtig schrumpelig und voll mit Leben, dann färben wir unsere Haare in allen möglichen Farben. So wie ein Regenbogen und dann sitzen wir irgendwo zusammen auf einer Bank, trinken Tomatensaft und essen Chips«, sagt November.

Hier im dunklen Hausflur, mit Novembers Hand in meiner, spüre ich das gleiche Gefühl, das mich schon manchmal gestreift hat wie ein kurzer Luftzug. So ein Vibrieren, ein Brennen. Jetzt aber ist es ganz da, mitten in meinem Körper. So eine Ahnung davon, dass ich alles sein kann, wenn ich nur will. Auch eine Dichterin.

Drinnen sammeln wir alle Kissen und Decken zusammen, die in der Wohnung zu finden sind, und legen uns auf das Matratzenlager, das November für uns gebaut hat. Wir liegen auf diesem Matratzenlager wie auf einer Insel. Die dicken Kissen sind die Landschaft, sind Felsen und Berge. Zwischen ihnen rollen wir uns in die Decken wie Raupen in ihren Kokon. Bis nur noch unsere Köpfe rausgucken.

Ich frage November, ob sie am Montag mit mir und Sofia und Flip ins Freibad will.

Mein Herz klopft dabei, weil ich Angst habe, dass sie nein sagen wird.

»Sie wollen dich unbedingt kennenlernen«, sage ich.

»Ja! Klar! Natürlich. Auf jeden Fall. Montag. Ich bin dabei«, sagt sie und klingt dabei so, als ob sie sich wirklich freut.

»Kennst du das Gefühl, dass man jemanden schon lange kennt? Als ob man die Person schon aus einem anderen Leben kennen würde?«, frage ich November.

»So wie ein Déjà-vu mit einem Menschen?«, fragt November.

Ich nicke.

»Ja, kenne ich«, sagt sie, »stell dir vor, wir haben all das alles hier schon einmal zusammen erlebt. Stell dir vor, das Leben geht immer wieder von vorne los.«

Ich versuche mir das vorzustellen. Es wäre verrückt. Dann müsste man gar nicht traurig sein, wenn ein Moment vorbei ist. Weil er ja immer wiederkäme. Und man müsste keine Angst haben vor einem neuen Moment, weil er ja schon einmal da gewesen ist.

In der Dunkelheit liegend muss ich immer wieder an meine blauen Haare denken. Was Flip und Sofia wohl dazu sagen werden? November ist schon eingeschlafen. Ich höre sie leise im Schlaf seufzen. Das erste Mal seit langem fühle ich mich richtig glücklich.

Ich will meine Haare unbedingt noch einmal im Spiegel angucken. Auf Zehenspitzen schleiche ich zur Toilette. Als ich das Licht anschalte und meine Haare im Spiegel sehe, bin ich erstaunt, wie blau sie sind. Auf dem Badewannenrand liegt noch die Packung mit Haarfärbemittel. Auf der Packung ist eine Frau mit leuchtend blauen Haaren abgebildet und darüber steht *Blue Sky*. Der Name der Haarfarbe. Blue Sky. Blauer Himmel. Himmelblau. Der Tag, an dem ich mit Arthur Eis essen war. Er hat drei Kugeln Himmelblau bestellt, und ich habe an Novembers Haare gedacht. Auf dem Rückweg haben wir November dann gesehen. Wenn ich die Tage rückwärts zähle, ist das gar nicht so lange her. Wenn ich aber an November denke, daran, dass sie einmal die Blaue war, eine Fremde, dann kommt es mir ewig her vor. Und dann ist es mit einem Mal wieder da. Dieses Vibrieren, das Brennen. Das Gefühl, dass alles möglich ist. Ich bin überhaupt nicht müde. Ganz im Gegenteil. Ich bin hellwach! Ich laufe zu meinem Rucksack, krame das Bärenheft heraus.

Manchmal tun die Dinge, die man nicht sieht, am meisten weh.

Fast ist es, als ob der Stift in meiner Hand sich ganz von alleine bewegt.

Schnee, der vor langer Zeit gefallen ist.
Tränen, an die sich niemand erinnert.

Hier auf der Matratzenlandschaft in der Dunkelheit, neben November, fügen die gesammelten Wörter sich wie von selbst aneinander. Und diese Wörter, die sich finden, ziehen neue Wörter an.

Dann legen wir unsere Haut ab, um
die zu werden, die wir sind.
Vielleicht sind Worte wie Bären.
Vielleicht können sie uns beschützen.
Vielleicht tragen wir die Orte,
an denen wir sein wollen, in uns.

Ich lese das Geschriebene immer wieder durch. Bis es in meinem Kopf zu einer Art Gesang wird. Bis die Wörter zu schwimmen beginnen und meine Augenlider ganz schwer werden. Ich schaffe es gerade noch, das Heft zuzuklappen und zur Seite zu legen.

In der Nacht wache ich durch ein Geräusch auf. Erst weiß ich gar nicht, wo ich bin. Dann fällt mir ein, dass ich ja bei November bin, und dann höre ich es wieder. Ein Schluchzen. Es kommt von November, die mit dem Rücken zu mir liegt.

»Lass mich! Nein!«, schreit sie jetzt. »Lass mich!«

»November?« Ich beugte mich über sie, doch sie hat die Augen geschlossen. »Bist du wach?«, flüstere ich

Keine Antwort. November wirft sich auf die andere Seite. Die Haare kleben ihr verschwitzt am Kopf. Ihr Körper wird geschüttelt von Schluchzern. Vorsichtig lege ich eine Hand auf ihre Schulter. Mit der Zeit werden die Schluchzer weniger. Irgendwann hört das Beben auf. Und dann schlafe auch ich wieder ein.

Als ich aufwache, ist die Matratze neben mir leer. November sitzt in der Küche. Von der nächtlichen Angst, dem großen Beben, sieht man ihr nichts an. Sie summt leise, kaut dabei auf einem Stift. Vor ihr liegt aufgeschlagen das kleine Buch. Ich setze mich auf den Stuhl gegenüber, und November schiebt mir, ohne aufzuschauen, das Buch hin. Es ist ein Bild von zwei Mädchen, in Nachthemden auf einer Bank sitzend. Die Haare himmelblau, und über ihnen steht ein großer hellgelber Vollmond.

»Sind wir das?«, frage ich.

Sie nickt. »Honig-Poppys?« Sie zieht das Buch wieder zu sich, klappt es zu, steht auf, stellt eine Schüssel vor mich auf den Tisch. Sie kippt einen großen Berg Poppys in die Schüssel und dann Milch drauf, und das so schwungvoll, dass sich alles auch um die Schüssel herum verteilt.

»Erinnerst du dich an heute Nacht?«, frage ich vorsichtig.

»Ja, ziemlich gut sogar, ich habe einen Fuchs gesehen im Traum. Der sah aus wie der kleine Fuchs an dem Armband. Wir haben uns direkt in die Augen geschaut.«

»Und daran, dass du geweint und geschrien hast, erinnerst du dich daran auch?«

November schüttelt den Kopf, dann fragt sie leise: »So richtig mit Tränen?«

Ich nicke.

»Manchmal wache ich selber davon auf. Von dem Weinen. Von dem Schreien. Früher hatte ich das nie. Es hat erst angefangen, nachdem die Sache passiert ist.«

»Welche Sache?«, frage ich.

»Na, die Sache eben«, sagt November, und ihre Stimme macht deutlich, dass es keine weitere Erklärung geben wird. Dann starrt sie aus dem Fenster, und ich traue mich nicht, weiterzufragen.

»Ich war so wütend. Alles war ein Rauschen. Ich wollte aus der Küche laufen, aber er hat mich festgehalten. Meine Mutter hat danach ständig geweint. Sie kam vom Arbeiten und hat geweint und dann war sie nicht mal mehr arbeiten und hat geweint, und das hat mich noch wütender gemacht.«

Novembers Augen sehen so aus, als ob sie Blitze in alle Richtungen senden.

»Sie ist selbst schuld.«

»Als das Weinen nicht aufgehört hat, hat der Wachhund gesagt, dass Mama mal Zeit für sich und vor allem Ruhe braucht. Also Ruhe von mir. Deswegen bin ich hier bei Angie.«

Ich würde gerne wissen, warum November so wütend war. Ich würde gerne wissen, was »die Sache« ist, aber irgendwie traue ich mich nicht mehr zu fragen.

»Und jetzt?«, frage ich, nachdem wir eine Weile geschwiegen haben.

»Und jetzt?«, wiederholt November. Sie schnipst mit den Fingern ein paar Poppys quer über den Tisch und durch die Küche. »Ach ja, kannst du mit mir kommen?«

Ihre Stimme ist leise. »Kannst du mitkommen, mit Mama und dem Wachhund? Mit Mama und dem Wachhund in den Botanischen Garten? Das ist nämlich der Plan. Sie wollen kommen und mich holen.« Ihre Stimme wird lauter.

»Aber ich gehe nicht mit.« Noch lauter. »Ich gehe auf keinen Fall mit.«

Und dann leiser: »Kannst du mitkommen? Alleine will ich da nicht hin.«

Natürlich kann ich mitkommen!

»Nächsten Donnerstag. Um drei Uhr vor dem Botanischen Garten. Versprochen?«, sagt November.

»Versprochen!«, sage ich.

Später, als ich gerade dabei bin, meine Zahnbürste im Rucksack zu verstauen, reicht November mir etwas von der Seite. »Dein Heft«, sagt sie.

Das Heft. Ich hatte ganz vergessen, dass es noch neben den Matratzen lag. Ich will es eigentlich gleich in meinen Rucksack stopfen, doch dann überlege ich es mir anders.

»Weißt du noch, als wir in der Bibliothek waren?«, frage ich.

»Klar.«

»Also, da war ich nicht ganz ehrlich«, sage ich und

muss schlucken. »Ich schreibe Gedichte. Also ich versuche, welche zu schreiben.«

November nickt. Das scheint keine große Neuigkeit für sie zu sein.

»Kann ich was lesen?«, fragt sie.

Ich merke, wie mir ganz heiß wird.

»Nein, warte«, ruft November jetzt. »Mir fällt etwas Besseres ein.« Sie schiebt einen Korbsessel quer durch die Küche, stellt ihn vor mir hin. »Setz dich hin. Lies vor!«

Sie selbst setzt sich vor den Korbsessel in den Schneidersitz und guckt mich erwartungsvoll an. Das fühlt sich komisch an, als wäre das jetzt eine richtige Lesung oder so.

»Also es sind eigentlich wirklich nur so einzelne Wörter und Sätze, die mir einfallen«, stottere ich. Ich weiß auf einmal gar nicht mehr genau, was ich da gestern aufgeschrieben habe. Kann ich die Sätze laut vorlesen, ohne dass meine Stimme wegbricht? Ohne dass der Boden unter mir sich auftut und mich verschluckt?

»Setzen. Lesen«, sagt November.

Ich lasse mich auf den Stuhl fallen, meine Stimme zittert, als ich zu lesen anfange.

Manchmal tun die Dinge, die man nicht sieht, am meisten weh.
Schnee, der vor langer Zeit gefallen ist.
Tränen, an die sich niemand erinnert.
Dann legen wir unsere Haut ab, um
die zu werden, die wir sind.
Vielleicht sind Worte wie Bären,

vielleicht können sie uns beschützen.
Vielleicht tragen wir die Orte,
an denen wir leben wollen, in uns.

Als ich aufhöre zu lesen, ist es still.

Dann platzt es aus November heraus: »Das sind nicht einfach nur Wörter und Sätze. Das ist ein echtes Gedicht!«

»Der Anfang davon, möglicherweise«, stottere ich.

»Du kannst Gedichte schreiben!«, so aufgeregt, wie November klingt, könnte man meinen, ich hätte die Relativitätstheorie erfunden oder so was.

»Meinst du?«, frage ich.

»Ja!«

»Echt?«

»Ja! Ja! Ja!«

»In der Schule gibt es so einen Schreibwettbewerb«, sage ich.

»Da musst du mitmachen!«

»Ich weiß nicht«, sage ich.

»Warum nicht?«

»Flip und Sofia fänden es komisch.«

»Es ist ganz egal, wie deine Freunde es finden. Wenn man etwas kann, und es den anderen nicht zeigt, dann ist das Universum beleidigt«, sagt November und klingt dabei richtig empört.

Als ich aus der Haustür auf die Straße trete, das Bärenheft noch immer in der Hand, fühlt es sich so an, als würde eine andere Magdalena aus dem Haus kommen als die,

die gestern reingegangen ist. *Das sind nicht einfach nur Wörter und Sätze. Da ist ein echtes Gedicht!*, höre ich Novembers Stimme. Und mit dieser Stimme im Kopf laufe ich durch die Stadt. Nein, ich laufe nicht, ich schwebe. Ich schwebe und hoffe, dass mich jemand so sieht: Die neue Magdalena, die, die sich die Haare blau gefärbt hat und sie jetzt wie eine Krone trägt. Die Magdalena, die ein Gedicht geschrieben hat. Den Anfang eines Gedichtes auf jeden Fall. Ich habe es nicht nur geschrieben, ich habe es auch jemandem vorgelesen. Ich habe es November vorgelesen, und die findet es gut. Doch ausgerechnet heute ist diese kleine Stadt menschenleer. Kein Mensch, der mich im Vorbeigehen grüßt oder von der anderen Straßenseite aus beobachtet. Mann!

Als ich bei Papa in der Wohnung ankomme, bin ich außer Atem. Ich bin das letzte Stück des Weges gerannt, durch die dunkler werdende Stadt, das Treppenhaus hoch, bis in die Wohnung. Plötzlich habe ich eine seltsame Angst, dass Papa und Arthur nicht da sind, dass die Wohnung leer ist und ich ganz alleine bin.

»Arthur? Papa?«, rufe ich in die dunkle Wohnung rein und sehe im selben Moment warmes Licht durch den Spalt in der Badezimmertür fallen, höre leises Glucksen. Sie sind da! Ich lasse den Rucksack und das Heft fallen, stürme ins Bad. Beim Öffnen der Tür empfängt mich warme feuchte Luft und ein süßer Beerenduft, rosa und künstlich. Arthur thront in der Mitte der Badewanne, umgeben von hohem Schaum, Papa sitzt auf dem Rand.

»Da seid ihr ja!«, sage ich.

»Da bist du ja!«, antwortet Arthur.

Und Papa fragt: »Wo sollten wir sonst sein?«

Ich kann sehen, wie seine Gesichtszüge kurz entgleiten. »Hast du deine Haare blau gefärbt?«, fragt er.

»Himmelblau!«, sage ich.

Papa sagt eine Zeitlang nichts. Er guckt einfach nur. Ziemlich lange guckt er so, und Arthur, hinter ihm in der Badewanne, guckt auch. Völlig erstaunt sind sie. Die sollen jetzt bloß nichts Schlechtes sagen.

»Hast du das selbst gemacht?«, fragt Papa jetzt.

»November hat sie mir gefärbt.«

»Deine neue Freundin?«

Ich nicke. Papa zieht die Augenbrauen hoch. »Wow. Mutig.«

»Findest du es nicht gut?«, frage ich.

»Doch natürlich«, sagt Papa. Er steht auf und zieht mich fest an sich. Etwas, das er eigentlich nicht mehr macht. Ewas, das ich schon länger nicht mehr mag, weil es mir irgendwie peinlich ist. Zu nah. Heute ist es aber ganz okay, und ich lasse ihn mein Gesicht in den Stoff seines alten, rau gewaschenen Sweatshirts drücken. Nach einer Weile schiebt Papa mich von sich weg. Stellt mich vor sich hin, betrachtet mich und sagt: »Es sieht richtig cool aus.« Dann dreht er sich zu Arthur. »Oder, König Arthur, was sagst du dazu?«

»Voll megacool!«, sagt Arthur, und dann taucht er ab in die Landschaft aus Schaum.

10

Am nächsten Morgen gefalle ich mir im Spiegel immer noch. Fast besser als gestern sogar. Ich habe Mama ein Foto geschickt, und die hat sofort geschrieben, dass es toll aussieht, dass sie sich freut, die neue Frisur live zu sehen, und dass sie diese begabte Freundin, die so gut Haare färben kann, auch endlich mal kennenlernen möchte.

Beim Frühstück erinnert Papa mich daran, dass heute Abend Mamas Führerscheinprüfung ist, dass sie danach zu uns kommen wird und Arthur und mich abholt. Arthur und er wollen später alles für die Überraschungsparty einkaufen: Luftballons, Konfetti, Brause, Chips, vielleicht noch Wunderkerzen, ob ich mitkommen möchte.

»Geht nicht. Ich gehe nach der Schule noch ins Freibad«, sage ich.

»Aber du bist pünktlich zur Party hier?«, fragt Papa besorgt.

Das erste Mal in diesem Herbst ist die Luft draußen richtig kühl. Auf dem Weg zur Schule stelle ich mir vor, wie ich in die Klasse komme und alle mich anstarren. Die neue Magdalena. Ich sehe es genau vor mir, wie ich durch die Tischreihen hindurchgehe und mich auf meinen Platz setze. Ich werde mich auf meinen Platz setzen, mich melden und Frau Morgenstern sagen, dass ich beim Schreibwettbewerb mitmachen will. Großes Erstaunen bei Frau Morgenstern. Getuschel bei den anderen. Aber gutes Getuschel, eher so ein Krass-ey-Getuschel. Das Ganze läuft wie ein Film vor meinem inneren Auge ab. Ich als Hauptdarstellerin. Magdalena, die Coole, die sich die Haare färbt, weil es ihr gefällt, und die ein Gedicht schreiben wird. Egal, ob Sofia und Flip das peinlich finden.

Magdalena, die Gedichte schreibt, und auf einmal finden die anderen das cool, weil sie es macht.

Es ist dann nicht ganz so, wie ich mir das vorgestellt habe. Die Klasse ist schon relativ voll, aber die meisten sind mit Vokabeln lernen beschäftigt. Englischtest, vierte Stunde, habe ich ganz vergessen. Ist mir heute aber irgendwie auch egal. Also, ganz anders als in meinem Kinofilm im Kopf, guckt niemand so richtig. Nur Sofia und Flip, die schon an ihrem Platz sitzen, starren mich mit offenem Mund an.

»Machst du jetzt die Blaue nach?«, fragt Sofia, ohne mich zu begrüßen.

»Wieso nachmachen?«, sage ich. »Jeder kann doch blaue Haare haben.«

Ich lasse mich auf den Stuhl zwischen den beiden fallen.

»Kraaaassss«, sagt Flip. »Gehen die Haare davon nicht kaputt?«

»Ich fände es ja nicht so toll, wenn jemand mich so kopieren würde«, sagt Sofia.

»Ich habe sie nicht kopiert. Wir haben die Haare zusammen gefärbt. Für November ist es ein Kompliment«, sage ich.

116

»Tolles Kompliment.« Sofia zieht die Augenbrauen hoch.

»Ich finde Partnerlook ziemlich peinlich, aber okay«, sie zuckt mit den Schultern. Dann dreht sie sich zu Flip. »Flip, kann ich Mathe abschreiben?«

Ich habe das Gefühl, dass sie richtig beleidigt ist. Als ob die blauen Haare etwas gegen sie wären. Mir fällt der Glitzer-BH ein, den Sofia unbedingt mit mir zusammen klauen wollte, und die Jacke, die wir uns letztes Jahr im Partnerlook gekauft haben. Eine knallrote, ganz kurze. Damals fand Sofia das nicht peinlich.

Endlich haben auch ein paar andere aus der Klasse gemerkt, dass ich meine Haare gefärbt habe, gucken rüber und tuscheln. Die alte Magdalena hätte das richtig schlimm gefunden, dieses Tuscheln und Glotzen. Sie wäre im Boden versunken. Aber ich bin ja jetzt die neue Magdalena. Ich denke einfach an November. Ich denke daran, wie November hier sitzen würde. Ganz gerade, damit auch wirklich jeder die Haare sehen kann.

Frau Morgenstern kommt rein und beginnt sofort mit dem Unterricht. Ich kann gar nicht richtig zuhören, was sie da erzählt, irgendwas über die Merkmale einer Novelle. Ich will ihr jetzt unbedingt sagen, dass ich bei dem Wettbewerb mitmache. Ich kann auf keinen Fall bis nach der Stunde warten. Zum einen, weil ich viel zu aufgeregt bin und zum anderen, weil ich Angst habe, dass Sofia und Flip dann wie Kletten an mir hängen und ich es gar nicht bis zu Frau Morgensterns Tisch schaffe. Ich melde mich einfach in die Novellensache hinein.

»Magdalena?«, sagt Frau Morgenstern, sie sieht überrascht aus. Verstehe ich, kommt ja nicht so oft vor, dass ich mich melde.

»Ich würde gerne noch mitmachen«, sage ich.

Frau Morgenstern guckt mich fragend an. Ich spüre, wie mir vor Aufregung Schweiß unter den Armen runterläuft.

»Na, beim Wettbewerb«, erkläre ich, »ich würde gerne noch bei diesem Wettbewerb mitmachen, habe ich mir überlegt.«

Jetzt hellt Frau Morgensterns Gesicht sich auf. »Da freue ich mich, Magdalena! Weißt du schon, was du schreiben willst?«

»Ein Gedicht. Ich will ein Gedicht schreiben.« Ich sage das ganz laut und versuche, dabei nicht zu nuscheln oder so.

»Toll! Ich schreibe es mir auf!« Frau Morgenstern strahlt jetzt richtig.

Sie notiert sich etwas in ihr Notizheft, und dann redet sie weiter über Novellen. Das war's schon? Irgendwie hatte ich mir schon so etwas wie einen kleinen Weltunter- oder -aufgang vorgestellt. Aber Fakt ist, die anderen interessieren sich gar nicht dafür. Der Unterricht geht einfach weiter.

»Finde ich cool«, flüstert Flip mir zu.

Nur Sofia kichert natürlich und schiebt mir einen Zettel rüber, auf dem steht:

Bist du jetzt völlig verrückt? Freiwillig so einen Morgensternkram zu schreiben?

Bin ich nicht! Ich bin richtig glücklich. So zittrig glücklich.

Wir treffen November vor dem Eingang des Freibads. Flip, Sofia und November sagen: »Hi«, gucken sich kurz an, grinsen und sagen dann nichts mehr. Und ich stehe daneben und gucke die drei an, wie sie sich angucken. Es fühlt sich komisch an, wie wir hier rumstehen und nichts sagen. Wir bezahlen und laufen dann über die Liegewiese, und ich rede viel zu viel, um lauter als die Stille zu sein. Ich rede irgendeinen Kram über das Schwimmbad, darüber, dass ich als Zehnjährige einmal auf dem Fünfer stand und dann wieder runtergeklettert bin.

Wir breiten unsere Handtücher direkt am Beckenrand aus. Das ist Sofias Lieblingsplatz. Von hier aus hat sie einen guten Blick auf den Sprungturm. Am Sprungturm treffen sich die Jungs. Am Sprungturm hängen Felix und Elias rum. November legt ihr Handtuch links neben meines, Sofia rechts. Flip breitet seines ein bisschen abseits von uns aus. Obwohl die Sonne kaum zu sehen ist, setzt Sofia ihre neue Sonnenbrille auf. Sie rückt dicht an mich heran, so als müsse sie November zeigen, dass sie zu mir gehört.

»Elias hat eine coole neue Badehose!«, verkündet sie.

»Ist Elias der blöde Arsch mit dem BMX-Rad?«, erkundigt November sich bei mir.

Ich nicke.

»Elias ist kein Arsch. Er ist voll nett«, sagt Sofia gereizt.

»Er wollte vierzig Euro für sein doofes Schutzblech von mir haben«, sagt November. Sofia zuckt mit den Schultern. »Na ja, man muss ja auch kein Fahrrad auf den Boden schmeißen.«

»Man muss auch niemanden nachäffen!« Novembers Augen blitzen.

»Will jemand Eis?«, frage ich schnell. »Ich geh an den Kiosk.«

Niemand antwortet. Flip dreht seine Haare um die Finger, tut so, als untersuche er sie nach abgebrochenen Spitzen.

»Warum heißt du eigentlich November?«, fragt Sofia.

»Wieso nicht?«, sagt November.

Sofia zuckt mit den Schultern. »Ungewöhnlicher Name«, sagt sie.

»Ich habe mir den Namen selber gegeben. Der Name, den meine Mutter mir gegeben hat, hat mir nicht mehr gefallen. November ist mein Künstlername.«

»Ach so?«, erwidert Sofia schnippisch. »Magdalena hat gar nicht erzählt, dass du eine Künstlerin bist.«

November zuckt unbeeindruckt mit den Schultern. »Jeder Mensch ist ein Künstler.«

»Stimmt«, sagt Sofia, »ich zum Beispiel bin Fotografin!« Sie rutscht rüber, zwischen mich und November hält sie ihr Handy in die Luft. »Selfie!«, ruft sie.

November rückt ein Stück von uns ab. »Ich lasse mich nicht gerne fotografieren.«

Sofia guckt sie fragend an.

»Interessiert mich nicht, wie ich von außen aussehe.«

»Dann eben nicht«, sagt Sofia.

Dann macht sie ein Selfie nur von sich, Flip und mir.

Danach guckt sie mit zusammengekniffenem Mund rüber zum Sprungturm und sagt gar nichts mehr.

November wühlt in ihrem Rucksack, zieht ihr Buch hervor und beginnt, eine Zeichnung vom Sprungturm zu machen.

»Cool, zeig mal«, sagt Flip und beugt sich über das Buch. »Voll schön«, sagt er, »du kannst richtig gut zeichnen!«

Sofia beugt sich zu mir: »Das verstehe ich nicht. Wir sind doch zusammen hier, und jetzt kritzelt sie nur in ihr Buch. Und auch das mit dem Namen, als müsste sie auf jeden Fall etwas Besonderes sein«, flüstert sie.

Ich schaue November an, die konzentriert über ihre Zeichnung gebeugt sitzt. Kurz ist es so, als ob vor meinem eigenen Blick jetzt der von Sofia liegt, sich davorgeschoben hat wie ein Filter. Und durch diesen Filter sieht November irgendwie anders aus. Vielleicht stimmt es, und sie will unbedingt etwas Besonderes sein? Warum hat sie mir eigentlich nie gesagt, dass November gar nicht ihr richtiger Name ist?

November legt ihr Buch beiseite. »Wollen wir alle zusammen ins Wasser?«, fragt sie, und ich habe das Gefühl, dass sie das mit dem Foto wiedergutmachen möchte.

Am Beckenrand trifft mein Blick den von Felix. Er steht neben dem Fünfer. Ich drehe mich um, ob Sofia vielleicht hinter mir steht, aber die ist schon an der Treppe zum Wasser. Anscheinend sieht er wirklich mich an. Jetzt zieht Elias sich aus dem Wasser und steht triefend neben Felix.

Felix sagt etwas. Elias nickt. Jetzt schauen sie beide zu mir rüber. Felix ganz ernst. Elias grinst blöd. Wahrscheinlich reden sie über meine Haare. Schnell springe ich mit einem Kopfsprung ins Wasser.

Flip und Sofia gehen nur bis zum Bauchnabel ins Wasser. Flip hat Angst, dass er Wasser ins Gesicht bekommt, weil seine Wimperntusche nicht wasserfest ist. Sofia behauptet, ihr sei zu kalt, um ganz unterzutauchen.

»Ach, kommt doch ganz rein«, rufe ich und spritze Flip nass.

»Aufhören«, ruft Flip und hält sich schützend eine Hand vor die Augen.

»Ist doch langweilig«, ruft November, und dann taucht sie unter, schwimmt wie irre durch das Becken. Hin und her. Sie taucht auch noch, als wir anderen schon längst wieder auf unseren Handtüchern liegen. Dann kommt sie mit blauen Lippen und roten Augen raus, setzt sich neben uns.

Schweigend sitzen wir auf unseren Handtüchern. Die Luft ist kalt. Ich habe Gänsehaut. November neben mir bibbert. Sofia hat sich in eine dünne Decke gewickelt. Keine Sonne am Himmel, nur Berge von Wolken. Wolkenberge, die langsam über dem Schwimmbad entlangziehen, sich auflösen, neue Berge bilden. Weit weg am Himmel kann ich einen Schwarm Vögel erkennen. Zugvögel, denke ich.

»Die fliegen dahin, wo es warm ist«, sagt November.

»Duschen?«, fragt Sofia.

»Duschen!«, sagt Flip.

Wir laufen hintereinander über die leere Wiese zu den Duschräumen. Unter der Dusche zieht November sich ganz aus, streift den Badeanzug ab und hängt ihn an den Duschknopf. Es scheint sie nicht zu stören, dass sie die Einzige von uns dreien ist, die jetzt nackt dasteht. Sofia duscht, seitdem sie einen Ansatz von Busen bekommt, immer in ihren Schwimmsachen; und ich habe es seitdem auch immer gemacht, auch als da bei mir noch lange kein Busen zu sehen war. November hingegen scheint kein Problem damit zu haben, dass wir ihren Busen sehen können und ihre Schamhaare. Es scheint November nicht zu stören, dass Sofia sie, während sie sich einseift, mit offenem Mund anstarrt und demonstrativ laut kichert. Ich drücke auf den Duschknopf, lasse das warme Wasser über mich rieseln, versuche, weder zu Sofia noch zu November zu schauen, nur auf den Boden. Auf meine Füße. Auf meine Zehennägel, den grünen abgeblätterten Nagellack darauf.

Nach dem Duschen besteht Sofia darauf, mit mir in eine Umkleidekabine zu gehen.

»Wie immer«, sagt sie.

»Und November?«, frage ich.

»Kein Problem«, sagt November. »Ich nehme eine eigene.«

»Okay. Bis gleich!«

Sofia knallt die Tür vor November zu und schiebt den Riegel vor. »Die zieht sich unter der Dusche komplett nackt aus. Hast du gesehen, wie sie sich vor uns eingeseift hat? Auch da unten«, zischt sie mir zu und verdreht die Augen. Ob November da draußen steht und uns hören kann? Sofia gibt sich auf jeden Fall keine große Mühe, leise zu sprechen. »Voll räudig! Oder?«

Ich sage einfach nichts. Ich könnte jetzt einwenden, dass *da unten* auch einen Namen hat. Scheide. Vagina. Oder wie Mama sagt: *Vulva*. Alles andere, sagt Mama, ist eigentlich nicht korrekt. Ich könnte Sofia sagen, was Mama immer predigt, dass kein Mädchen sich dafür schämen muss, Schamhaare und Busen zu haben. Dass nichts dabei ist, nackt zu sein. Ich könnte Sofia das alles sagen, und ihr klarmachen, dass ihre Meinung nicht die einzige ist, die zählt. Aber ich sage nichts, weil ich selbst dazwischenstehe. Zwischen Mamas guten Ratschlägen und korrekten Bezeichnungen und meiner Sprachlosigkeit. Zwischen Sofia, Flip und November. Zwischen Pipe und Gedichteschreiben. Zwischen dem, was ich denke, und dem, was ich sage. Zwischen Mama und Papa.

Ich weiß nicht, mit wem ich nach Hause laufen soll. Mit Flip und Sofia, die den längeren Weg an der Hauptstraße entlang gehen wollen, oder mit November, die darauf beharrt, den direkten Weg in die Stadt zu nehmen. Die drei stehen um mich herum und warten auf meine Entscheidung. Mein Körper fühlt sich an wie ein Tuch, an dem alle ziehen. Alleine gehen wäre am einfachsten. Wenn ich alleine gehen würde, wäre niemand sauer oder traurig.

»Ich laufe mit November«, sage ich jetzt.

»Wir könnten am Busbahnhof noch einen Burger essen«, versucht Sofia mich zu überreden.

»November muss sonst ganz alleine laufen«, sage ich unentschlossen.

Sofia wirft mir einen vernichtenden Blick zu.

Schweigend laufen November und ich nebeneinander den kleinen Weg vom Freibad durch die Grünanlage in die Stadt hinein. Ab und an, wenn der Weg schmal ist, berühren sich unsere Hände.

»Ich finde, Flip und Sofia sind nett«, sagt November.

Das Lügen passt nicht zu ihr. Ob Flip und Sofia gerade über mich reden? Bestimmt. An der Brücke in der Altstadt verabschieden November und ich uns.

»Du kommst doch mit in den Botanischen Garten, oder?«, fragt November und kneift die Augen zusammen. »Versprochen?«

»Versprochen«, sage ich.

Als ich in unsere Straße einbiege, sehe ich Papa und Arthur vor der Haustür am offenen Auto stehen. Im Auto haben sie überall Konfetti verteilt und Luftschlangen. Aus dem Auto ist Musik zu hören, und ein Heliumluftballon in Herzform schwebt aus dem Fenster heraus. Arthur hüpft auf dem Fahrersitz auf und ab.

»Und jetzt komm rein und riech mal!«, sagt er. »Riech mal, wie das Auto riecht.«

Ich stecke den Kopf ins Auto. Es riecht auf eine künstliche Art nach Kaffee.

»Und?«, fragt Arthur aufgeregt. »Wie findest du es?«

»Kaffee«, sage ich.

»Wunderbaum«, summt Papa. »Wunderbaum mit Duftrichtung Kaffee. Den hat Arthur ausgesucht.«

»Sie wird das so, so toll finden«, ruft Arthur.

125

Papa tritt einen Schritt zurück, betrachtet das Auto.

»Setzt du dich neben mich, Magdalena?«, ruft Arthur aus dem Auto.

Als ich mich neben ihn auf den Beifahrersitz setze, sagt er aufgeregt: »Heute habe ich Igor gesehen. Aber ohne Mama. Als ich von der Schule nach Hause gelaufen bin. Auf der anderen Straßenseite von der Schule.« Nachdenklich fügt er hinzu: »Vielleicht wohnt er da.«

Papa streckt den Kopf ins Auto. »Wer ist Igor?«

»Mamas Freund. Er ist voll nett. Er macht polnische Maultaschen für uns, und er hat gesagt, dass es Glück bringt, wenn man den Zahn verschluckt«, erklärt Arthur. »Papa, du musst hinten sitzen.«

Papa öffnet die hintere Tür und lässt sich auf Arthurs Sitzerhöhung sinken.

»Tür zu«, ordnet Arthur an.

Papa macht die Tür zu.

»Anschnallen, Papa. Papa! Anschnallen! Wir fahren los.«

Mit eingezogenem Kopf und hängenden Schultern sitzt Papa da und starrt auf das Konfetti vor seinen Füßen.

»Dieser Igor ist irgendein Arbeitskollege von Mama«, sage ich. »Sie kennt ihn kaum. Er war nur einmal kurz da, weil er was vorbeigebracht hat.« Ich wundere mich selbst, wie leicht mir diese Lüge über die Lippen geht. Ich könnte sie glatt selbst glauben.

Mama klingelt früher als erwartet.

»Licht aus. Wunderkerzen an«, flüstert Papa.

Er scheint sich von der Igor-Sache erholt zu haben, auf

jeden Fall summt er vor sich hin, und er geht und sitzt auch wieder gerade. Er dreht die Musik lauter, lässt das Feuerzeug aufleuchten, hält die dünnen Stäbe in die Flamme. Im Treppenhaus kann ich Mamas Schritte hören, kann hören, dass ihre Schritte schwer sind. Schwerer als sonst. Papa drückt Arthur und mir eine brennende Wunderkerze in die Hand. Gerade rechtzeitig, bevor Mama in die Wohnung tritt. Sie tritt in die Wohnung und fängt noch im Türrahmen an zu weinen.

»Durchgefallen.«

Mama weint sonst nie. Papa steht einfach nur da, die Arme am Körper herunterhängend.

»Der Prüfer ... nur eine scheiß Ampel ... ich war eigentlich gar nicht so schlecht«, schluchzt Mama.

Ich schaue auf die Wunderkerze in meiner Hand, auf die Funken, die auf den Boden segeln und dort verglimmen. Mama schluchzt noch immer. Jetzt aber leiser.

»Konfetti – *Schluchz* – Luftschlangen – *Schluchz* – Musik – *Schluchz* – Feiert ihr eine Party?«

»Das ist doch für dich, Mama, und deinen Führerschein.« Arthur sieht Mama anklagend an.

»O nein!« Mama schnieft. »Und ich falle durch ...«

Sie schüttelt den Kopf und lacht jetzt, während sie immer noch weint. Sie drückt Arthur an sich, drückt seinen Kopf in ihren Bauch, fährt mir mit der Hand über die Haare. »So schön blau!«

Ach ja, meine neue Frisur hat Mama ja noch gar nicht gesehen. Nur auf dem Foto. Jetzt sehen alle mich an. Es ist mir unangenehm, so im Mittelpunkt zu stehen.

»Was war denn jetzt mit dem Prüfer?«, frage ich.

»Er hat mitten auf dem Weg gesagt: *So, Frau Newin, das war's dann. Fahren Sie bitte zurück zum Parkplatz.* Und das nur, weil ich bei ein bisschen, also wirklich minimal, bei Orange angefahren bin.«

»Und dann?«, frage ich.

»Dann nichts! Dann war die Prüfung zu Ende. Durchgefallen.«

»Nee, komm!«, sagt Papa, »So ein Arsch aber auch!«

»Ja, so ein Arsch.«

»Arsch sagt man nicht«, nuschelt Arthur in Mamas Jacke hinein.

»Wenn es passt, dann schon«, sagt Papa. Dann legt er doch noch einen Arm um Mama, und die lässt den Kopf auf seine Schulter fallen.

»Weißt du noch damals, als du durch die Anatomieprüfung gerasselt bist?«, sagt Papa. »Riesen Enttäuschung. Und dann haben wir trotzdem eine richtige Party gefeiert.«

»Ach ja«, lacht Mama, »das war eine der lustigsten Partys, die ich je gefeiert habe.«

»Aber begonnen hat sie mit Tränen«, sagt Papa.

»Das stimmt.«

»Na also.« Papa geht in die Küche, und man hört einen Korken knallen. »Die Niederlagen des Lebens sollte man am größten feiern«, ruft Papa.

Er kommt mit zwei Gläsern und zwei Flaschen Brause in den Flur. Mama hat immer noch Jacke und Schuhe an.

»Auf deinen Nicht-Führerschein.«

Wir lassen die Gläser und Flaschen aneinanderstoßen.

»Chin-chin«, rufen wir alle.

»Privatverhext!«, kreischt Arthur.

Und für einen kurzen Moment ist alles wie früher. Wenn es so etwas gäbe wie ein Erinnerungsalbum der Momente, könnte ich diesen Moment ausschneiden und ihn drei Jahre zuvor einkleben. Niemand würde es merken.

Papa gießt Mama Champagner nach. Dann will er sich selbst nachgießen, hält aber noch in der Bewegung inne.

»Ach nee. Ich muss ja noch fahren.«

Fragender Blick von Mama.

»Na, ich fahr euch natürlich nach Hause. Jetzt, wo wir das Auto so grandios herausgeputzt haben, will es auch gefahren werden«, sagt Papa.

»Ja!«, schreit Arthur.

»Quatsch, wir laufen«, fällt Mama ihm ins Wort.

»Nein!«, jault Arthur.

»Ich fahr euch.« Das ist eine Feststellung.

Mamas stellt das Glas donnernd auf den kleinen Schlüsselschrank. Sie schüttelt den Kopf. »Brauchst du nicht.«

»Will ich aber«, sagt Papa.

»Sollst du aber nicht. Wir werden abgeholt. Ein Freund holt uns ab. Er ist schon auf dem Weg«, sagt Mama aufgebracht.

»Welcher Freund?«

Mama windet sich. »Ein Freund eben. Igor. Kennst du nicht.«

Arthur wirft Papa einen vielsagenden Blick zu. *Siehst du!*, soll das heißen. *Habe ich dir doch gesagt.*

»Ach so«, sagt Papa »Na dann. Ich dachte nur.«

Was er dachte, sagt er nicht. Stattdessen fängt er an, das Konfetti auf dem Boden mit dem Fuß zu einem Haufen zusammenzuschieben. Wenn etwas schön ist, denke ich, kann es nie so bleiben.

»Holt mal eure Schulsachen und den Wechselkram«, sagt Mama erschöpft.

Es klingelt an der Haustür. Mama will nach dem Hörer der Sprechanlage greifen, doch Papa kommt ihr zuvor: »Hallo?«

Ich kann Igors Stimme am anderen Ende hören.

»Ich sage ihr Bescheid.« Papa hängt den Hörer ein, sagt eine Weile nichts. Dann sagt er: »Er wartet unten im Auto.«

Car-to-share steht auf dem Auto. Ein hässliches graues Auto, ein Mietwagen. Igor winkt Arthur und mir zu, dann lehnt er sich nach hinten, öffnet die hintere Tür und danach die Tür zum Beifahrersitz. Arthur wirft seinen Ranzen auf die Rückbank und krabbelt dann hinterher. Mama setzt sich nach vorne neben Igor, der sich zu ihr beugt und sie in den Arm nimmt.

Ich könnte auch protestieren. Hier draußen stehen bleiben. Gar nicht einsteigen in das blöde Auto. Denn eigentlich wollte Papa Mama doch in dem roten Auto mit den Luftballons und den Luftschlangen nach Hause fahren. Das war doch der Plan. Ich gucke am Haus hoch und sehe Papa oben am Fenster stehen. Mama klopft im Auto gegen das Fenster, winkt mir, dass ich endlich einsteigen soll.

»Hallo Magdalena«, sagt Igor.

Ich sage nicht *Hallo Igor*. Ich sage gar nichts. Mama gibt Igor ein Zeichen, dass er losfahren soll. Natürlich gibt es hier im Auto keine Luftballons und keine Luftschlangen, keinen Wunderbaum mit Kaffeeduft. Dafür ist das Auto leise und sauber, und die Klimaanlage funktioniert. Es ist viel zu kalt. Ich habe zum zweiten Mal heute Gänsehaut.

11

Schon von weitem sehe ich, dass heute etwas an November anders ist. Hängende Schultern. Ihr Haar, das sonst immer wild vom Kopf absteht, liegt platt am Kopf an. Sie redet kaum. In Gedanken scheint sie woanders zu sein. Wir laufen am Fluss entlang. Der Himmel ist verhangen. Vielleicht hat es ihr doch etwas ausgemacht, dass Sofia im Schwimmbad so gemein zu ihr war. Ich will ihr sagen, dass es mir leidtut. Dass Flip und Sofia auch anders sein können.

Auf der Höhe des Schmuckladens biegen wir in die Altstadt ein.

»Sollen wir reingehen?«, frage ich. »Wir könnten gucken, wie teuer das Armband ist.«

»Von mir aus.« November zuckt mit den Schultern.

Ich verrate November nicht, dass ich heute Morgen kurzentschlossen mein Gespartes aus der kleinen Spardose genommen und in den Geldbeutel gesteckt habe, erzähle ihr nichts davon, dass ich vorhabe, das Band für sie zu kaufen, wenn mein Geld reicht. Das soll eine Überraschung sein.

Im Laden ist es warm und stickig. Die Verkäuferin, eine ältere Frau, sitzt an der Ladentheke und liest. Sie schaut kurz hoch, als wir beiden hineinkommen. »Kann ich euch helfen?«

»Wir wollen das Armband mit dem Fuchs anschauen. Das aus dem Schaufenster«, sage ich, und die Frau nickt.

»Die sind schön, oder? Eine Künstlerin aus der Nähe macht die. Sie sind handgemacht und vergoldet. Da hinten hängt noch eins davon.«

Sie deutet auf einen kleinen Ständer, an dem ein weiteres Fuchsarmband hängt.

November und ich laufen rüber zu dem Ständer.

November nimmt den Fuchs in die Hand. Lässt das Band vorsichtig durch ihre Finger gleiten, wirft einen Blick auf das Preisschild, das daran befestigt ist.

»Viel zu teuer«, sagt sie und hängt das Armband schnell wieder an den Ständer. Dann schlurft sie rüber zu den Ketten. Ich nehme das Armband in die Hand. November hat recht. Es kostet viel mehr, als ich dabeihabe. Und es ist noch viel schöner als von weitem. Der Fuchs hat ein ganz fein gezeichnetes Gesicht, und das rote Band fühlt sich seidig an in meiner Hand. Ich gucke zu November, die steht schon wieder vor der Tür und starrt hinaus in den verhangenen Himmel. Sie sieht so traurig aus heute. Ob das wieder etwas mit dieser »Sache« zu tun hat? Ich stelle mir ihr Gesicht vor, wenn ich ihr das Band in die Hand drücken würde, überrascht und glücklich. Die gelben Sprenkel in ihren Augen würden dann sicherlich ganz hell leuchten. Für dich, würde ich sagen. Ein Geschenk. Vielleicht würde sie »die Sache« dann für einen Moment vergessen können, und bestimmt müsste ich dann nicht mehr die ganze Zeit darüber nachdenken, ob Novembers hängende Schultern heute auch etwas mit dem Freibadbesuch, mit Flip und Sofia und meinem »Dazwischen« zu tun haben.

Ich schließe meine Hand um das Armband. Der Fuchsanhänger in meiner Faust fühlt sich warm an. Ich schaue mich um, die Verkäuferin ist in das Buch vertieft. Ich stecke das Armband in die Tasche. Ganz einfach ist das.

Draußen ziehe ich November mit mir. Ein wenig abseits vom Laden hole ich das Armband aus der Tasche und lasse es vor Novembers Gesicht hin und her baumeln. November schaut das Band an, sie schaut mich an und dann wieder auf das Armband.

»Hier. Für dich«, sage ich, greife nach Novembers Hand und lasse das Armband hineinfallen.

November lässt den Arm ausgestreckt, hält das Armband auf der flachen Hand von sich weg. Ihr Gesicht sieht gar nicht so aus wie in meiner Vorstellung eben. Es sieht weder glücklich noch überrascht aus. Eher erschrocken und wütend.

»Du wolltest es doch so gerne haben«, sage ich und werde plötzlich unsicher.

»Ich habe nur gesagt, dass ich es mir kaufen würde, wenn ich *könnte*«, sagt November, ihre Stimme ist scharf wie die Kante eines Eisblocks.

»Es ist ein Geschenk von mir«, sage ich.

»Geschenk? Du hast das Armband geklaut.«

»Ich wollte es ja kaufen, aber dann hat mein Geld nicht gereicht. Ist doch egal«, sage ich.

»Das ist nicht egal«, faucht November.

»Ich dachte, du freust dich«, sage ich.

»Falsch gedacht.« November starrt mich an. Ihre Augen sehen ganz anders aus als sonst. Ich kann keinen der gelben Splitter mehr sehen, stattdessen nur Dunkelheit.

»Was meinst du, was passiert, wenn ich beim Klauen erwischt werde? Was meinst du, was meine Mutter und der Wachhund dann sagen?«

»Du hast es doch nicht geklaut. Ich habe es doch geklaut«, meine Stimme zittert.

»Wir waren zusammen in dem Laden. Wenn du erwischt werden würdest, würden die auch Angie anrufen, und die würde dann meine Mutter anrufen, und ich könnte vielleicht nie, nie wieder nach Hause! Vielleicht will meine Mutter mich dann nämlich nicht mehr sehen, oder sie bekommt einen Herzinfarkt, oder was weiß ich!« November schreit jetzt richtig.

»Du willst doch eh nicht mehr nach Hause!« Meine Stimme überschlägt sich.

»Natürlich will ich wieder nach Hause! Glaubst du, ich will für immer in dieser Stadt bleiben, bei Angie wohnen und mich mit deinen Freunden treffen, die über mich lachen, und vor denen ich dir peinlich bin? Du verstehst echt gar nichts!«

Ja, irgendwie habe ich das geglaubt. Irgendwie habe ich geglaubt, dass November hierbleiben will. Bei Angie. Bei mir. Ich habe ihr geglaubt, dass sie freier ist als die anderen, dass sie niemanden braucht, auch nicht ihre Mutter. Dass sie einfach da bleibt, wo es ihr gefällt. Und irgendwie habe ich auch geglaubt, dass ich sie verstehe. Dass wir die anderen nicht verstehen und einander dafür umso besser. Irgendwie so. Und überhaupt, was kann ich dafür, dass Sofia und Flip über November lachen. Soll sie doch einfach froh sein, dass wir sie überhaupt mit ins Schwimmbad genommen haben. Soll sie doch froh sein, dass ich meine Freunde mit ihr teile. Die ganze Zeit macht sie einen auf anders und frei, und wenn ich dann einmal etwas falsch mache, dann flippt sie aus. Ich hatte irgendwie erwartet, dass sie das auch ein bisschen cool von mir findet, dass ich das Band einfach einstecke. Ein bisschen hexenmäßig oder wild oder mutig.

Ich merke, wie ich richtig wütend werde.

»Dann bring das scheiß Band doch zurück, wenn du es so schlimm findest, dass ich es geklaut habe«, schreie ich. »Ich habe meine Haare gefärbt, aber du hast noch nichts Mutiges gemacht!«

November brüllt auf wie ein Tier. Sie tritt mit voller Wucht gegen einen Mülleimer, der direkt neben mir steht. Erschrocken weiche ich zurück. November tritt noch einmal mit voller Wucht gegen den Eimer. Das Blech scheppert, wackelt. Ich merke, dass ich zittere.

»Okay«, sagt sie jetzt ganz ruhig, den Blick in die Ferne gerichtet, in ihrem Gesicht Entschlossenheit.

Und dann noch einmal.

»Okay.«

Sie läuft los, macht ein paar Schritte auf den Laden zu. Dann bleibt sie stehen, dreht sich zu mir um und sagt: »Wehe, du wartest hier. Hau einfach ab.«

Dann dreht sie sich um, geht in den Laden, ohne sich noch einmal zu mir umzusehen.

Ich will protestieren.

Ich bleibe stumm.

Ich will mich umdrehen und gehen.

Ich bleibe stehen.

Durch das Fenster sehe ich, wie November durch den Laden zu dem Ständer läuft, an dem das Armband bis eben noch hing, bevor ich es in die Hand genommen und dieses Kribbeln in der Hand gespürt habe, bevor es so einfach war, die geschlossene Faust mit dem Band in der Tasche verschwinden zu lassen.

Was, wenn November jetzt erwischt wird? Die Verkäuferin wird nicht gemerkt haben, dass das Armband verschwunden war, versuche ich mich zu beruhigen, November wird das Band zurückhängen. Sie wird den Laden verlassen, und sie wird wütend sein, wenn sie mich sieht. Ich muss mich beeilen, hier wegzukommen. Ich will gerade gehen, da sehe ich, dass die Verkäuferin aufgestanden ist, sich langsam auf November zubewegt, und sie anspricht.

Ich müsste da jetzt reingehen, müsste der Verkäuferin sagen, dass ich es war, die das Armband genommen hat. Aber ich kann nicht. Stattdessen renne ich einfach los. Meine Beine fühlen sich seltsam betäubt an, als könnten sie jeden Moment wegknicken. Bei jedem Schritt höre ich Novembers Stimme: *Hau einfach ab.* Ich renne am Fluss entlang. An einer einsamen Stelle bleibe ich stehen und schreie. Ich schreie, so laut ich kann, schreie auf den

Fluss hinaus, brülle ihn an, den blöden Fluss, der einfach so weiter fließt, als wäre nichts geschehen. Als wäre alles immer nur schön, schön, schön. Ich schreie so lange, bis ich nicht mehr schreien kann.

Zu Hause ist die Wohnung dunkel.

»Mama?«, rufe ich, stolpere mit zitternden Beinen in die Wohnung. »Arthur?«

Noch in Jacke und Schuhen laufe ich in mein Zimmer, ziehe das Bärenheft aus der Schreibtischschublade. Dabei fallen auch alle anderen Blöcke, Papiere und Hefte raus. Alles landet auf dem Fußboden. In der Küche stopfe ich das Heft in den Papiermüll, tief unter die Berge von Zeitungen. In die dunkelste Dunkelheit. Dorthin, wo niemand es sieht.

Als ich meine Jacke im Flur aufhänge, sehe ich, dass Arthurs Ballettbeutel nicht an der Garderobe hängt. Wahrscheinlich sind Mama und Arthur in der Ballettschule. Bestimmt kommen sie bald.

Und dann bemerke ich, dass nicht nur Arthurs Beutel fehlt. Auch Papas Winterjacke hängt nicht dort. Das kann nicht sein. Sie hängt sonst immer an dem gleichen Haken. Ich schaue unter allen anderen Jacken. Einmal. Zweimal. Zur Sicherheit durchwühle ich auch noch die Truhe, in die Mama die Taschen, Mützen und Schals stopft. Doch die Jacke ist nicht zu finden. Papas Jacke ist weg.

Meine Beine zittern so doll, dass ich das Gefühl habe, dass sie gleich wegknicken.

Ich hocke mich auf den Boden vor der Garderobe, drücke meine Stirn auf meine Knie. Ich muss lange so warten, bis das Zittern aufgehört hat.

12

Nachts wache ich schweißgebadet auf.

Hau einfach ab. Hau einfach ab. Ich drücke das Kissen auf mein Ohr.

Doch Novembers Stimme lässt sich nicht wegdrücken. Ihre Stimme und die Dunkelheit in ihren Augen verfolgen mich bis unter das Kissen, in die abgelegensten Ecken meiner Müdigkeit, bis in den Schlaf hinein. Im Traum sehe ich November und mich in einer kargen Landschaft unter einem blutroten Mond stehen. Sie trägt Papas Jacke. Die Jacke geht ihr bis zu den Knien. Darunter ragen ihre nackten Beine hervor, schneeweiß und dünn. *Du verstehst gar nichts*, schreit November mich an. Immer wieder. Und ich schreie zurück: *Was ist denn der Zauberspruch?* Und dann schreie ich: *Hau einfach ab. Hau einfach ab.*

Als der Wecker um sieben Uhr klingelt, schrecke ich wie aus dem Tiefschlaf hoch.

»Alles in Ordnung, Magdalena?« Mama hat den Kopf durch meine Zimmertür gesteckt und sieht mich besorgt an.

Arthur schlüpft unter Mamas Arm hindurch im Schlafanzug in mein Zimmer. »Warum schreist du denn so rum? Wer soll abhauen?«, fragt er.

Mama geht zum Fenster und öffnet die Vorhänge, milchiges Licht fällt ins Zimmer. Dann stellt sie sich vor meinem Bett auf.

»Du siehst ganz blass aus«, sagt sie. Es klingt wie ein Vorwurf. Sie macht Anstalten, die Hand auszustrecken. Fiebertest. Und danach bestimmt die ganze Fragerei. Tut dir irgendwas weh? Kopfschmerzen, Halsschmerzen, Bauchschmerzen? Und so weiter.

»Es ist nichts!«, schreie ich und krieche unter die Decke. »Lasst mich einfach in Ruhe.«

Hau einfach ab. Hau einfach ab. Hau. einfach. ab.

Mama seufzt laut. »Komm, Arthur. Wir gehen. Deine Schwester hat schlechte Laune.«

Die Zimmertür zieht sie mit so viel Schwung zu, dass sie laut krachend ins Schloss fällt. Unter der Decke rolle ich mich zu einer Kugel zusammen und schluchze. Ein trockenes Schluchzen ohne Tränen. Ein Schluchzen, das niemand hört. Ein Schluchzen, an das sich niemand erinnern wird.

In der Schule kommt es mir an diesem Vormittag vor, als würden mein Körper und meine Gedanken nicht mehr zusammengehören. Während mein Körper ruhig und unauffällig auf dem Platz sitzt, sich vom Klassenzimmer in den Biologieraum, auf den Pausenhof und ins Klassenzimmer bewegt, rasen meine Gedanken und sind völlig woanders. Sie sind noch immer bei November, vor dem Schmuckladen, im Schmuckladen, bei Novembers Augen, der plötzlichen Dunkelheit darin. In meinen Gedanken höre ich November schreien. Ich höre das Scheppern des Mülleimers. Meine Gedanken sind wie eine starke Strömung, die alles andere mit sich reißt, selbst Frau Morgensterns Stimme.

»Alles in Ordnung?«, erkundigt sich Flip leise von der Seite.

»Klar«, sage ich. »Was soll denn sein?«

»Kommst du heute nach der Schule mal wieder mit?«

Und als ich nicht antworte, schreibt er etwas auf einen Zettel und schiebt ihn zu mir rüber. Flip, der größte Gegner des Zettelschreibens.

Ist einsam ohne dich, steht auf dem Zettel.

Das ist der erste Satz, der es heute durch meine Gedanken durch schafft. Flip ist einsam ohne mich. Mein guter alter Freund Flip.

Also gehe ich nach der Schule mit zur Pipe. Für Flip. Und auch für mich selbst. Alles ist besser, als alleine mit seinen Gedanken zu sein. An der Pipe sitzen wir zu dritt zusammen, etwas abseits von den anderen. Es sind eh nicht so viele da heute, zu kalt, und die Parallelklasse schreibt morgen eine Englischarbeit. Yuna schwirrt irgendwo herum, und Felix und zwei andere Jungs sitzen auf der Pipe. November ist nirgendwo zu sehen. Natürlich ist sie nirgendwo zu sehen. Sofia stellt Mutmaßungen darüber an, wie viele Mädchen aus unserer Klasse wohl schon ihre Tage haben. Die Hälfte? Oder mehr?

»Ich habe das Gefühl, dass ich sie bald bekomme. Ich habe auf jeden Fall schon Kram in der Drogerie gekauft und unter meinem Bett versteckt«, flüstert sie.

»Was für Kram? Binden und Tampons oder was?«, frage ich und gebe mir keine Mühe, leise zu sprechen.

»Ja, was denn sonst.« Sofia wird rot.

Es ist wirklich erstaunlich, dass Sofia nonstop über die Lippen und Zungen von Jungs redet, aber bei solchen Wörtern wie *Binde* und *Tampon* läuft sie knallrot an.

»Und die Blaue, hat die sie schon?«, erkundigt sich Sofia.

»Sie heißt November«, bricht es aus mir raus.

»Meine ich doch.«

»Woher soll ich wissen, ob sie schon ihre Tage hat!«, fauche ich.

Sofia macht eine Geste, die heißen soll: *Okay, okay, ich habe ja nur gefragt.* »Ich dachte, ihr seid so tolle Freundinnen«, schiebt sie dann hinterher.

»Ich habe einen Wunsch«, unterbricht Flip uns, »einen Geburtstagswunsch.«

Ach, ja, Flip hat ja bald Geburtstag. Das hatte ich fast vergessen.

»Mach doch eine krasse Party mit wenigen Mädchen und richtig vielen Jungs«, schlägt Sofia vor. Sie scheint froh zu sein, von dem Thema November wegzukommen. »Mit Knutschen und Tanzen und allem Drum und Dran«, fährt sie schwärmerisch fort.

»Einmal Klappe halten, bitte, und zuhören!«, sagt Flip.

Sofia zieht die Augenbrauen hoch.

Flip holt tief Luft: »Ich habe mir überlegt, ich will nur mit euch feiern. Im Garten. So wie früher.«

Sofia starrt Flip mit offenem Mund an. Ich weiß nicht,

ob vor Entsetzen oder einfach nur vor Erstaunen, weil sie da nie draufkommen würde, dass man eine Party feiern könnte – ohne die anderen. Ohne die coolen Jungs.

»Flippi, das ist eine tolle Idee«, ruft sie dann. »Das machen wir. Mit Hörspiel und Baumhaus und allem. Nur wir drei. Wie früher!« Ich hätte gedacht, dass Sofia protestiert, dass sie es langweilig finden würde, nur wir drei im Garten. Das Gegenteil ist der Fall, sie scheint sich übermäßig zu freuen über diesen Vorschlag. Aufgeregt zupft sie an meinem Sweatshirt. »Das wird so megagemütlich und lustig, oder Magdalena?«

»Coole Haarfarbe«, höre ich jetzt eine Stimme direkt neben mir.

Es ist Felix.

»Hi!«, sagt er und grinst mich an. Sofia und Flip würdigt er keines Blickes.

»Blau«, höre ich mich selbst sagen. Wie blöd, das sieht er doch selber.

Felix steht da und grinst und bohrt mit der Fußspitze ein Loch in den Boden.

»Hast du Lust, morgen ein Eis essen zu gehen?«

Hat er das wirklich gesagt? Ich scheine richtig gehört zu haben. Flip und Sofia, die hinter ihm sitzen, machen wilde Zeichen. Sofia verdreht die Augen, reißt den Mund auf und schreit stumm. Flip streckt beide Daumen hoch und tut so, als würde er gleich umfallen vor Begeisterung. Selbst die Gruppe neben uns hat jetzt aufgehört zu quatschen. Alle schauen zu mir und Felix, und in all ihren Gesichtern steht wie auf einem Schild zu lesen: *Der schöne*

Felix will mit Magdalena ein Eis essen gehen?! Mit Mag-
dalena, die nichts Besonderes ist. Also, zumindest lese ich
das in ihren Gesichtern.

Aber selbst wenn ich wollte, ich kann morgen Nachmittag gar nicht. Morgen gehe ich mit November in den
Botanischen Garten. Das war doch ein Versprechen. Und
ein Versprechen muss man halten. Ein Versprechen ist wie
ein Schwur. Es gilt für immer. Egal was kommt. Das ist
doch der ganze Sinn dabei, oder nicht?

Hilfesuchend gucke ich von Flip zu Sofia und dann wieder zu Felix. Der lächelt mich an, und dabei zittern seine
Mundwinkel.

»Ich kann ja morgen Mittag einfach vor der Schule auf
dich warten«, schlägt er vor.

»Okay!«, schreit Sofia jetzt von hinten. »Abgemacht!«

Felix guckt mich fragend an. Und ich sage: »Okay,
dann vielleicht bis morgen.«

»Cool«, sagt Felix, und dann zieht er ab, zu den anderen Jungs. Rüber zur Rampe, wo er sein Board schnappt,
Anlauf nimmt und dann einen spektakulären Sprung auf
einen der Betonblöcke hinlegt. Irgendwie habe ich das
Gefühl, dass er es für mich macht. Also, weil er mich be-
eindrucken will.

In den nächsten zwanzig Minuten sagt Sofia gefühlt
hundertmal: »Felix und Magdalena.« Sie sagt es in ver-
schiedenen Tonlagen, mit Ausrufezeichen oder Fragezeichen dahinter, sie sagt: »Vielleicht werdet ihr ein Liebespaar?«, »Vielleicht knutscht ihr!« Und dazwischen sagt
Flip: »so krass, echt«.

Die beiden gucken mich an, als ob ich eine Legende wäre oder so. Vielleicht, denke ich, vielleicht ist Felix doch nicht so langweilig. Vielleicht ist er sogar süß. So wie die anderen sagen. Von Felix angesprochen zu werden, mit ihm Eis essen zu gehen, ist auf jeden Fall spektakulär, ist wie ein heller Scheinwerfer, der ausnahmsweise mal auf mich gerichtet wird. Es fühlt sich neu, aber nicht schlecht an, in diesem Licht zu stehen. Vielleicht sollte ich wirklich morgen mit ihm ein Eis essen gehen, Botanischer Garten hin oder her. Ein Versprechen kann man eben auch nur dann halten, wenn die andere es auch möchte. So ist es doch.

Mit einem Mal fühlt sich die ganze Sache mit dem Armband, fühlt sich November, weit weg an. Es ist, als ob sich die Euphorie von Sofia und die neidischen Blicke der anderen wie ein Pflaster über diese schmerzende Stelle gelegt haben, und das Gefühl darunter nur noch als ein dumpfes Pochen zu spüren ist.

13

Wir sitzen auf einer großen Tellerschaukel. Felix hat das vorgeschlagen. Auf dem Weg zum Eisladen sind wir am Spielplatz vorbeigekommen, und er hat gefragt, ob ich hier noch ein bisschen abhängen will. Ich habe ja gesagt. Wir sitzen also auf einer Tellerschaukel, zwischen uns ungefähr ein halber Meter Abstand, und unterhalten uns. Also, besser gesagt, Felix unterhält mich. Er redet die ganze Zeit. Er erzählt mir von einem Kinofilm, den er cool fand. Irgendein Fantasyfilm. Ich habe aufgehört, genau zuzuhören.

Stattdessen gucke ich mir Felix von der Seite an. Er hat graue große Augen und ewig lange Wimpern. Richtige Mädchenwimpern. Die sind wirklich toll. Ansonsten hat er helle Haut, eine kleine sehr gerade Nase und einen ganz normalen Mund. Ich meine nicht besonders groß oder klein oder so. Eigentlich, denke ich, eigentlich ist alles an ihm ziemlich normal, also nicht besonders auffallend. Vielleicht ist es gerade das, was die anderen so schön finden an ihm? Jetzt hat er aufgehört zu reden und guckt mich an. Grinst. Wenn er lacht, hat er ein kleines Grübchen in der einen Wange. Das ist schon süß.

»Hörst du überhaupt zu?«, fragt er.

»Ja«, sage ich.

»Du bist echt komisch«, sagt er, »irgendwie anders.«

Ich weiß nicht, ob das jetzt ein Kompliment sein soll, deswegen sage ich nichts.

»Magst du Fantasy?«, fragt er jetzt.

Ich habe keine Ahnung, ob ich Fantasy mag. Ich kenne gar keine Fantasyfilme oder -Bücher. »Ich finde Hexen cool«, sage ich, weil ich das Gefühl habe, dass die in den Bereich Fantasy gehören.

»Wegen ihrer Warzen, und weil sie so hässlich sind?«, fragt er und lacht.

Ich lache nicht mit. Auch nicht aus Höflichkeit. »Moderne Hexen«, sage ich. »Solche, die Geheimwissen haben und Männer aufessen.«

Jetzt lacht er nicht mehr. Stattdessen rückt er auf dem Rand der Schaukel ein bisschen näher, so dass sich unsere Schultern fast berühren. Keiner von uns sagt etwas. Ich kann sein Waschmittel riechen und auch einen anderen Geruch, einen fremden, süßlichen. Riecht ein bisschen wie ungelüftetes Kinderzimmer. Ich muss daran denken, dass November gesagt hat, dass sie findet, dass Jungs komisch riechen. Schnell versuche ich, an was anderes zu denken. An November zu denken ist, wie in ein dunkles Loch zu gucken und möglicherweise reinzufallen. Felix neigt den Kopf zur Seite und legt ihn ganz leicht auf meiner Schulter ab. Wenn Sofia das sehen könnte, würde sie ausflippen! Aber so richtig. Ich kann Felix' Atem nahe an meinem Ohr hören. Ich weiß nicht, was ich machen soll. Ich halte ganz still und hoffe, dass er den Kopf wieder wegnimmt. Aber das tut er nicht. Er bleibt einfach so.

Beim Eisladen in der Schlange stehen ein Dutzend Jungs und Mädchen aus der Schule, die ich kenne. Ich habe das Gefühl, dass sie alle zu mir und Felix gucken. Bestimmt sind Flip und Sofia auch hier irgendwo in der Nähe und beobachten uns, obwohl sie mir hoch und heilig versprochen haben, es nicht zu tun. Felix steht dicht neben mir. Er redet über die Pipe. Dass es dort voll lässig ist und so.

»Stimmt es eigentlich, dass du mit dem komischen Mädchen mit den blauen Haaren abhängst?«, fragt er jetzt, guckt dabei meine Haare an und lacht.

»Wieso?«, frage ich, und meine Stimme klingt schrill.

»Ach nur so. Meine Mutter kennt die. Also, sie kennt ihre Oma. Die arbeiten an der gleichen Schule. Dir stehen die blauen Haare viel besser, finde ich.«

Das soll wohl ein Kompliment sein. Ich nicke und lächle, und dabei zieht mein Herz so ganz komisch. Ich will gar nicht, dass meine Haare besser aussehen als die von November. Ich will gar nicht mit ihr verglichen werden.

»Die ist ja hier, weil sie zu Hause beim Klauen erwischt worden ist. Ihre Mutter ist voll ausgeflippt deswegen und hat sie rausgeworfen«, sagt Felix jetzt.

Ich merke, wie mein Mund ganz trocken wird.

»Sie ist beim Klauen erwischt worden, und dann hat sie dem Freund ihrer Mutter vor Wut in die Hand gebissen. Sie hat ihm die Hand blutig gebissen! Das musste genäht werden. Das musst du dir mal geben. Die tickt aus, wenn sie wütend ist!«, sagt er.

Das war also *die Sache*, über die November nicht sprechen wollte.

»Ich fand es nett von dir, dass du ihr einfach so das Geld gegeben hast, damals, als Elias das von ihr haben wollte. Da bist du mir das erste Mal aufgefallen.« Felix guckt mir in die Augen, und dabei wird er ein bisschen rot. Ich gucke weg. Wir sind jetzt ganz vorne in der Schlange.

»Was willst du?«, fragt Felix.

Ich gucke auf die Tafel, an der die Eissorten des Tages angeschrieben sind. Honig, Keks, Zimt, Vanille, Himmelblau. Himmelblau. Blauer Himmel. Ich versuche, mich zu konzentrieren, aber es geht nicht, weil Novembers Gesicht sich immer wieder vor meine Gedanken schiebt. Wenn ich gewusst hätte, dass November hier ist, weil sie etwas geklaut hat und den Freund ihrer Mutter gebissen hat, dass das »die Sache« ist, über die sie nicht reden will, dann hätte ich das Armband natürlich nicht geklaut. Dann hätte ich verstanden. Dass sie Angst davor hat, nicht mehr nach Hause zu dürfen, wenn sie wieder erwischt wird. Ich hätte dann nie gedacht, dass sie sich über ein geklautes Schmuckstück freut, oder es irgendwie cool findet, dass ich das für sie geklaut habe. Aber sie hat es mir ja nicht erzählt!

»Weißt du schon?«, fragt Felix.

»Mir egal«, sage ich.

»Na gut. Dann suche ich für dich aus.«

Ich gehe einen Schritt zur Seite, während Felix bestellt, und schaue auf meine Armbanduhr. Es ist genau drei Uhr. Um drei Uhr waren November und ich verabredet. Vor dem Botanischen Garten. Das war ein Versprechen, das ich November gegeben habe.

Felix kommt mit zwei Eiswaffeln auf mich zu. Er hat auf beide noch Streusel und Sahne machen lassen. Er grinst mich an, und ich finde es peinlich, ihm so zuzuschauen, wie er mit diesen Eiswaffeln auf mich zuläuft. Er findet es anscheinend gar nicht peinlich, er sieht eher zum Platzen stolz aus. Stolz auf sich selbst und auf seine Sahne-mit-Streuseln-Idee. Ich lege den Kopf in den Nacken und schaue in den Himmel über mir. Der ist heute wirklich unglaublich blau. Himmelblau. Blauer Himmel. Blue Sky. November.

»Hier, für dich.«

Jetzt steht Felix direkt vor mir und hält mir eine der hochaufgetürmten Eiswaffeln entgegen. Und auf einmal weiß ich, was ich machen muss. Wenn ich nach unserem Streit nicht mal dieses Versprechen halte, wie sollen wir uns dann immer sehen können, auch wenn es ganz dunkel ist, November und ich? Dann stimmt es vielleicht, was November in ihrer Wut gesagt hat, dass ich nichts verstanden habe.

Ich renne los. Lasse Felix stehen, alleine an der Eisdiele. Er tut mir irgendwie leid. Aber das ist mir jetzt egal. Der Botanische Garten war ein Versprechen. Und ein Versprechen muss man halten. Das ist doch der ganze Sinn.

Es ist genau Viertel vor vier, als ich am Botanischen Garten ankomme. Am Eingang ist niemand zu sehen. Ich renne durch das Tor in die Grünanlage hinein, die verschlungenen Wege lang. An den Blumenbeeten entlang, den Gewächshäusern und dem kleinen Wäldchen vorbei.

Ich renne und renne. Am Sumpf und Wassergarten vorbei. Entlang der langen Beete des Duftgartens. An den Arzneikräutern vorbei. Dort biege ich ab zum Moosgarten. Vereinzelt kommen mir Leute entgegen, aber keine November. Nirgendwo. Erschöpft lasse ich mich auf den Rasen vor dem Tropenhaus fallen. Weinen wäre jetzt gut. Aber ich kann nicht weinen. Ich fühle mich, als wäre ich von innen ausgetrocknet. Als ob die Traurigkeit eine riesige Wüste in mir ist. Ich lege den Kopf auf die Knie. Ich will hier sitzen bleiben. Für immer.

»Das geht leider nicht«, sagt die Parkwächterin, die jetzt vor mir steht. »Ich würde dich gerne hier sitzen lassen, aber wir schließen in fünf Minuten, und ich habe die Aufgabe, die verbliebenen Gäste aus dem Park zu schicken. Du bist die Letzte.«

Unten an der Haustür klingle ich Sturm. Mama öffnet nicht. Ich suche in meinem Rucksack nach meinen Schlüsseln und kann sie nicht finden. Dann geht der Summer plötzlich. Mama steht in der Wohnungstür und sieht verstrubbelt aus. Sie starrt mich an.

»Was machst du denn hier? Du bist doch heute bei Johannes«, sagt sie und scheint sich überhaupt nicht zu freuen, mich hier zu sehen.

»Ja. Bin ich. Aber ist es dann verboten trotzdem hier zu sein? Das ist doch trotzdem mein Zuhause«, blaffe ich sie an und laufe an ihr vorbei in die Wohnung. Aus dem Wohnzimmer kommt leise Musik, und jetzt sehe ich, das Igor im Schneidersitz auf dem Sofa sitzt. Auf dem

Tisch davor leuchten Kerzen. Kein Wunder, dass Mama nicht aufgemacht hat. Kein Wunder, dass sie sich nicht freut, mich zu sehen. Sie will mit Igor alleine sein. Schön Krümel aus dem Mund wischen und Haare verstrubbeln. Alles klar.

»Hi Igor!«, rufe ich viel zu laut, und dann laufe ich am Wohnzimmer vorbei in die Küche, zum Altpapier. Der Eimer ist leer.

»Wo ist das Altpapier?«, schreie ich Mama an.

»Was ist denn los mit dir?«, sagt Mama. Ich höre ihrer Stimme an, dass sie versucht ruhig zu bleiben, obwohl sie eigentlich wütend ist.

»Wo ist das scheiß Altpapier?«, schreie ich.

»Spinnst du, mich so anzuschreien?«, schreit Mama zurück.

»Ich schreie, wann ich will!«, schreie ich.

Ich renne an ihr vorbei aus der Wohnung, runter in den Hof, und Mama rennt mir auf Strümpfen hinterher. Ich renne zur Altpapiertonne, lasse den Deckel nach hinten knallen. Die Tonne ist auch leer. Mama hat das Altpapier aus der Küche in die große Tonne geschmissen, und jetzt ist der blöde Müllwagen mit meinem Heft weg. Ich trete gegen die Altpapiertonne. Einmal. Zweimal. Dreimal.

Mama steht ein paar Meter neben mir und sieht ganz betroffen aus. Sie macht einen Schritt auf mich zu und versucht, mich in den Arm zu nehmen, aber ich mache mich frei. Ich will nicht in den Arm genommen werden.

14

Ich schwänze das erste Mal in meinem Leben die Schule. Ich habe keine Lust, dass Felix mich fragt, warum ich einfach weggelaufen bin, warum ich ihn mit dem blöden Sahne-Streusel-Eis alleine gelassen habe. Und auf Sofias und Flips Fragen, wie megaunglaublich super es mit dem schönen Felix gewesen ist, habe ich auch keine Lust. Wahrscheinlich wissen sie eh schon, dass ich abgehauen bin. Hat ja schließlich die halbe Schule gesehen. Deswegen habe ich Papa heute Morgen gesagt, dass ich Kopfschmerzen habe und nicht gehen kann. Ich weiß nicht, ob er es geglaubt hat, aber er hat seinen Unterricht an der Volkshochschule abgesagt, damit ich nicht alleine bin. Und jetzt sitzen wir beide hier in der Wohnung und schweigen uns an. Mir wäre es lieber gewesen, er wäre arbeiten gegangen. Ich wäre lieber alleine hier in der Wohnung. Aber ihm das zu sagen, hätte nicht besonders krank gewirkt. Nicht nur Papa und ich, auch die Pflanzen lassen die Köpfe hängen und das, obwohl Papa schon wieder dabei ist, die Schnüre neu zu ordnen, noch dickere Schnüre einzubauen und mit dem Wasserbehälter zu verbinden. Ich sitze in eine Decke eingewickelt auf dem Sofa und gucke ihm dabei zu. Papa kniet auf dem Boden, die Finger voll Erde, den Kopf in den Pflanzen, und sagt plötzlich,

154

ohne dabei aufzuschauen: »Ich finde es gut, dass Mara diesen Igor kennengelernt hat.«

Ich sage nichts.

»Der hört sich nett an«, sagt er jetzt, nimmt den Kopf aus den Blättern der kleinen Palme und schaut mich an. »Findest du ihn nett?«

Ich zucke mit den Schultern.

»Weißt du, ich dachte immer, dass Mara und ich ... Ich dachte, dass wir für immer zusammengehören.« Dann wischt er die Hände an einem Küchenhandtuch ab. »Na ja, deswegen ist es gut, dass es jetzt Igor gibt.«

Er steht auf, geht rüber zum Radio, schaltet es ein. Irgendein Gute-Laune-Song. Einer von denen, die irgendwie immer laufen, wenn man das Radio anmacht.

»Ein Hit in meiner Jugend«, sagt Papa. »Das werden die Pflanzen lieben. Das ist ein echter Wachstumssong.«

Er schaltet das Radio lauter und singt mit. Es ist seltsam, so gutgelaunte Musik zu hören und dabei traurig zu sein. Es ist noch trauriger, als nur traurig zu sein. Es erinnert mich an die Fotos aus dem Automaten, die traurigen Grinsegrimassen. Ich frage mich, wann Erwachsene damit anfangen, mit dem ständigen Lügen, und ob ich auch schon damit angefangen habe.

»Ich gehe in mein Zimmer. Ich muss mich mal hinlegen«, sage ich.

»Alles gut, Magdalena?«, fragt Papa. Das Gleiche könnte ich ihn fragen.

»Natürlich nicht, Papa, ich bin doch krank«, sage ich. »Kopfschmerzen und so weiter.«

»Ja, klar«, sagt Papa, »verstehe. Du sagst mir, wenn ich dir irgendwas bringen kann oder so.«

»Mache ich«, sage ich.

In meinem Zimmer lege ich mich auf mein Bett. Ich nehme ein Gedichtbuch aus der Bibliothek, schlage es auf. Die Buchstaben wollen sich nicht lesen lassen, sie wollen nicht stehen bleiben, tanzen über die Seite, ergeben keinen Sinn. Ich lege das Buch weg. Ich mache die Augen zu. Liege einfach nur so auf dem Bett und hoffe, dass die Zeit vergeht. Papa öffnet die Tür und streckt den Kopf rein. Ich lasse die Augen geschlossen. Ich tue so, als wäre ich nicht da. Später höre ich Papa leise im Flur telefonieren. Offensichtlich mit Mama. Er sagt, dass er sich Sorgen um mich macht. Ich versuche, noch mehr zu hören, doch dann geht Papa mit dem Telefon ins Wohnzimmer, macht die Tür zu, und ich höre nichts mehr.

Nachmittags treffe ich mich mit Mama bei *Gianni*. Das haben wir noch nie gemacht, Mama und ich, uns am Nachmittag im Café getroffen, alleine. Aber Mama hat Papa am Telefon gesagt, dass sie mich unbedingt treffen möchte. Heute. Obwohl ich nicht in der Schule war, und dann darf ich normalerweise auch nicht rausgehen. Morgens nicht in die Schule gehen und dann nachmittags draußen rumlaufen, das sieht nach Schwänzen aus. Heute ist Mama das egal.

Als wir dann bei *Gianni* sitzen, redet sie die ganze Zeit von Igor. Davon, dass sie ihn wirklich gernhat. Von Papa redet sie auch. Davon, dass Papa und sie immer noch an einem Strang ziehen als Eltern. Davon, dass Arthur und ich uns da sicher sein können. Ich weiß nicht, ob das ein Versprechen oder eine Drohung sein soll. Ich bestelle einen Kaffee.

»Seit wann trinkst du denn Kaffee?« Mama guckt mich an, als ob ich eine Außerirdische wäre.

»Schon lange«, sage ich. »Das hast du nur nicht mitbekommen.«

Das ist natürlich eine Lüge. Der Kaffee schmeckt eklig und bitter. Ich schaufle so viel Zucker rein, dass er nur noch süß schmeckt.

»Schmeckt mir sehr gut«, verkünde ich.

Der Kaffee bringt meine Gedanken in Bewegung. Das fühlt sich schön an. So als ob sie Karussell fahren würden. Ich nicke einfach bei allem, was Mama sagt und höre nicht wirklich zu. Und wenn ich doch kurz zuhöre, dann höre ich nur blablabla. Am Ende unseres Kaffeetrinkens fragt Mama mich, warum ich ihr gar nichts mehr von mir erzähle, und ich sage: »Weil ihr nicht mehr zuhört. Weil ihr nur noch damit beschäftigt seid, zwei Familien statt eine zu sein.«

Sie guckt mich lange an. »Das tut mir leid, Magdalena«, sagt sie dann. Und dann sagt keine von uns mehr etwas.

Als wir uns verabschieden, drückt sie mich fest an sich. »Nimmst du meine Entschuldigung an?«, fragt sie.

»Ich überlege es mir«, antworte ich.

Auf dem Weg zu Papa sehe ich überall in der Stadt himmelblau, sehe überall November. Aber nie ist sie es wirklich. Ich bin auf einmal so traurig, dass meine Beine nachgeben. Ich setze mich auf die kleine Mauer, auf der ich November das erste Mal beim Zeichnen gesehen habe. Die Mauer ist heute leer. Ich sitze da und hoffe, dass November vorbeikommt und mich sieht. Ich stelle mir vor, dass wir zusammen hier sitzen und über das Leben reden. Darüber, wie es werden wird. Das Fast-Erwachsensein, das Erwachsensein.

Ich laufe einen Umweg an Angies Wohnung vorbei, gucke an der Fassade hoch. Die Fenster in Angies Wohnung sind geschlossen und dunkel. Erst habe ich Angst zu klingeln, aber als ich mich endlich traue und niemand aufmacht, klingle ich einfach noch mal. Danach noch einmal. Und dann lasse ich den Finger auf der Klingel, so lange, bis er weh tut. Dann gehe ich langsam nach Hause.

Später am Abend kommt Arthur ohne Anklopfen in mein Zimmer.

»Magdalena«, sagt er. »Glaubst du, Papa kommt wieder zu uns zurück?«

Er steht vor mir, *Das ultimative Buch der Affen* unter den Arm geklemmt, und schaut mich aus großen Augen an. Ich denke an Papas Jacke, daran, dass sie jetzt hier in der neuen Wohnung an der Garderobe hängt.

Ich überlege kurz, dann sage ich: »Nein, Arthur. Papa wird nicht mehr hier einziehen.«

Ich sage es viel zu bestimmt und erschrecke selbst, als ich es höre. Ich will es irgendwie zurücknehmen, will die Worte aus der Luft fischen und wieder in meinen Mund stecken, weil ich Angst habe, dass Arthur zu weinen anfängt oder vor meinen Augen zu Arthurstaub zerbröselt. Nichts davon passiert. Stattdessen nickt Arthur nur, sieht mich mit ernstem Blick an und sagt dann: »Das dachte ich mir schon.«

Dann schlägt er das Buch in seiner Hand auf, hält es mir hin und fragt mich: »Sag mal, was findest du besser, Schimpansen oder Orang-Utans?«

15

Der nächste Tag ist Flips Geburtstag. In der Schule erinnert Frau Morgenstern daran, dass wir am Freitag unsere Texte für den Wettbewerb abgeben müssen.

»Ich bin schon sehr gespannt«, sagt sie und zwinkert Yuna und mir zu.

Yuna strahlt und erzählt, dass sie zehn Seiten mit dem Computer geschrieben hat und ihr Vater jetzt nur noch die Zeichensetzung korrigiert. Ich starre auf das Heft vor mir und weiche die ganze Stunde lang Frau Morgensterns Blick aus. Ich habe noch kein Gedicht geschrieben und werde auch nie eines schreiben können.

Flip und Sofia wollen unbedingt wissen, warum ich beim Eisladen weggerannt bin. Warum ich Felix alleine habe stehen lassen, mit zwei Eistüten in der Hand. Das wissen sie natürlich schon. Ich habe das Gefühl, dass die ganze Schule das inzwischen weiß.

»Kompliziert. Kann ich hier in der Schule nicht erklären«, sage ich.

»Aber später erzählst du es uns?«, fragt Flip.

»Ja, später.«

In der großen Pause melde ich mich freiwillig zum Matheblätterkopieren, um nicht mit Fragen gelöchert zu werden. Direkt vor dem Kopierraum laufe ich fast in Felix rein. Er will einfach an mir vorbeigehen, aber ich halte ihn an seinem Sweatshirt fest. Ich bin selbst erstaunt, dass ich mich das traue. Er bleibt stehen.

»Tut mir leid ... äh ... wegen, na ja, wegen vorgestern«, sage ich und fange jetzt doch an zu stottern.

Felix läuft rot an.

»Ich hatte eine Verabredung vergessen«, sage ich. »Und dann –«

»Voll okay. Kein Problem! Ich habe das Eis einfach alleine gegessen«, unterbricht er mich. »Wir sind ja nicht verliebt oder so.« Er grinst, aber seine Mundwinkel zittern wieder dabei.

»Nee, klar, sind wir nicht«, sage ich.

Ich muss an den süßlichen Kinderzimmergeruch und an Felix' Kopf auf meiner Schulter denken, an sein Gesicht, als er auf mich zukam. Jetzt, mit Abstand, erinnert es mich an Arthurs Gesicht, wenn er sehr glücklich über etwas ist. Vielleicht hat sich Felix wirklich auf die Verabredung mit mir gefreut. Vielleicht ist er sogar ein bisschen verliebt in mich. Auch wenn er jetzt gerade das Gegenteil behauptet. Auf einmal tut es mir leid, dass ich ihn dort habe stehen lassen. Es tut mir leid, aber ich würde es wieder so machen. Ich müsste es wieder tun.

»Also tschüs«, sagt Felix, und dann dreht er sich um, rennt rüber zu seinen Freunden. Er springt Elias von hinten auf den Rücken, und der Sprung wird mit lautem Gejohle und Gegröle der anderen beantwortet.

Das Baumhaus ist schattig und schön. Wir haben Schlaf-säcke mit nach oben gebracht, damit uns nicht kalt wird. Flip hat eine bunte Lichterkette aufgehängt und Sofia und ich eine Happy-Birthday-Girlande. Wir essen Chips und Kuchen und trinken Brause, die uns Flips Papa in einem kleinen Korb nach oben gegeben hat. Es ist irgendwie wie immer, aber irgendwie auch gar nicht.

»Wie war es denn jetzt mit dem schönen Felix?«, bohrt Sofia. »Also bevor du den crazy Abgang gemacht hast.«

»War nicht so spannend«, sage ich.

»Details bitte!« Sofia kippt sich eine Tüte Brausepulver direkt in den Mund.

»Er hat seinen Kopf auf meine Schulter gelegt und mir ins Ohr geatmet«, sage ich.

Ich habe lange überlegt, ob ich das erzählen soll, ist ja klar, dass Sofia völlig durchdrehen wird. Aber dann kann ich es doch nicht für mich behalten.

»Nicht so spannend?! Er hat seinen Kopf auf deine Schulter gelegt, und du hast seinen heiligen Atem ge-hört?«, kreischt Sofia auf. »Und dann? Und dann?«

»Dann nichts«, sage ich. »Ich wusste gar nicht, was ich mit ihm reden soll. Er hat die ganze Zeit nur über irgend-einen Film geredet.«

»Einen Film, den du gar nicht kanntest?«, fragt Sofia.
Ich nicke.

»Irgendeinen Fantasyfilm?«
Ich nicke wieder.

Sofia seufzt. »Kenne ich. Sorry, Flip, aber Langeweile

mit Jungs kenne ich. Man fragt sich, was man mit ihnen reden soll.«

»Als ob ihr so viel spannender seid, nur weil ihr Mädchen seid«, protestiert Flip.

»Sind wir leider«, sagt Sofia bestimmt.

»Aber du bist eh anders Flippi. Du bist eben nicht so ein Junge-Junge«, kichert Sofia. »Du könntest auch einen Busen haben. Das würde gar nicht auffallen. Das wäre eigentlich praktisch, dann könnten wir wenigstens die BHs tauschen. Magdalena will ja keine tragen.«

»Und du bist übrigens das schlimmste Mädchen-Mädchen, das ich kenne. Ich könnte ein Buch über dich schreiben, und die Leute würden denken: Ach, nee, komm, so mädchenmäßig kann doch keine sein, das ist doch jetzt gelogen!«

»Du bist gemein, Flip«, Sofia boxt Flip in die Seite.

»Aber warum willst du dann immer über Jungs reden, wenn du sie langweilig findest?«, frage ich. Den Seitenhieb mit den BHs übergehe ich einfach.

Sofia zuckt mit den Schultern. »Weil das doch alle machen. Es gehört irgendwie dazu, das ganze Jungs-Mädchen-Ding, schminken, verliebt sein und so weiter. So wie das Rutschen und Schaukeln dazugehört hat, früher, als wir noch klein waren. Und dann später das Fahrradfahren und Hörspiele hören.«

»Und das Knutschen? Willst du das auch nur, weil es dazugehört?«

»Nee, also das ist mein Spezialgebiet. Darin will ich wirklich Weltmeisterin werden!«, grinst Sofia.

»Wo bist du denn hingerannt, als du vorm langweiligen, schönen Felix weggerannt bist?« Flip kichert.

»In den Botanischen Garten«, sage ich, »ich hatte etwas Wichtiges zu tun.«

»Verstehe«, sagt Flip.

Sofia sagt ausnahmsweise mal gar nichts.

Als es schon langsam dunkel wird, spielen wir *Wahrheit oder Pflicht*. Sofia hat sich das gewünscht, wer sonst. Ich bin dran.

»Wahrheit oder Pflicht?«, fragt Sofia.

»Wahrheit«, sage ich.

»Magst du November lieber als uns?« Obwohl die Frage wie aus der Pistole geschossen kommt, klingt Sofias Stimme wackelig.

Das erste Mal kommt mir der Gedanke, dass hinter ihrem Gemotze und ihren Sticheleien vielleicht Eifersucht stecken könnte. Dass sie sich auch *dazwischen fühlt*, dass sie Angst davor hat, nicht mehr meine beste Freundin zu sein. Ich schaue Flip und Sofia an, wie sie dasitzen, bis zum Hals in ihre Schlafsäcke gewickelt. Ganz kurz ist es so, als könnte ich durch die Zeit sehen. Als würden sich die vergangenen Jahre vor mir ausklappen, und ich könnte Flip und Sofia heute und Flip und Sofia früher sehen, gleichzeitig. Mit ihnen zusammen zu sein, ist in letzter Zeit nicht mehr dasselbe wie früher. Es kann sich seltsam anfühlen, ist manchmal langweilig und manchmal ärgerlich. Trotzdem ist es immer so wie zu Hause zu sein.

»Du musst die Wahrheit sagen«, sagt Sofia jetzt. Ihr Blick brennt auf meiner Haut.

»Natürlich mag ich sie nicht mehr als euch«, sage ich ernst. »Sie ist ganz anders als ihr, und deswegen mag ich sie auch auf eine andere Art.«

»Schwöre!«, sagt Sofia.

Ich hebe meine Finger hoch zum Schwur, und diesmal überkreuze ich nichts.

»Okay«, seufzt Sofia, es hört sich erleichtert an. »Ich glaube dir. Wir glauben ihr, Flip, oder?«

»Wo ist November heute eigentlich?«, fragt Flip jetzt. »Sie kann ja auch kommen.«

Sofia murrt leise.

»Weg«, sage ich. »Sie ist weg.«

»Wie? Weg?«, fragt Flip.

Ich zucke mit den Schultern. »Weiß nicht. Wir haben uns gestritten.«

Flip guckt mich an. »Arme Magdalena«, sagt er, und dann zeigt er auf die Stelle, wo mein Herz ungefähr sitzt und sagt: »Soll ich pusten?«

Ich muss lachen, denn so haben Flip und ich uns, als wir klein waren, getröstet. Mit gegenseitigem Pusten. Danach war meistens alles wieder gut. Der Fuß, die Hand und manchmal sogar das Herz. Das Pusten war wie ein Zauber. Ich wünschte, der Zauber würde heute immer noch funktionieren, dass Flip einfach pustet, und dann ist alles gut. Aber es funktioniert nicht mehr.

Sofia gähnt, legt ihren Kopf in meinen Schoß, und Flip legt seinen Kopf in Sofias Schoß, und dann schließen beide die Augen. Ich dagegen bin hellwach. Ich schaue aus dem Guckloch in der Holzwand in den Garten, sehe die zwei knorrigen Apfelbäume, in die wir früher geklettert sind, den verwilderten Rasen, in dem viele geheimnisvolle Tiere leben, den kleinen schiefen Holzschuppen, in dem wir uns früher versteckt haben, und dahinter den Gartenzaun. Während ich dasitze, Sofias warmen Kopf in meinem Schoß, die Stirn an das raue Holz unseres Baumhauses gelehnt, denke ich, dass der Garten sich verändert hat. Es ist noch gar nicht lange her, da kam er mir riesig vor. Jetzt erscheint er mir winzig klein. Ist es wirklich der Garten, der sich verändert hat, oder bin ich es?

16

Dann kommt der Abend, an dem das große Sommerfest losgeht. Ich habe mir extra dafür ein glitzerndes Stirnband gekauft und meine Augen mit Mamas blauem Kajal geschminkt. Bevor ich losgehe, betrachte ich mich lange im Spiegel. Das Haarband glitzert dunkelgrün in meinen blauen Haaren, und der blaue Strich am unteren Lidrand lässt meine Augen noch mandelförmiger aussehen. Ich finde mich auf eine aufregende Art schön und geheimnisvoll. Ich wünsche mir, dass November mich so sieht. Ich bin in den letzten Tagen noch zweimal an Angies Haus vorbeigelaufen. Die Fenster der Wohnung waren beide Male geschlossen. Dahinter war kein Licht zu sehen.

Ich gehe den Weg am Fluss entlang. Schon von weitem sehe ich, wie sich die Gondeln des Riesenrads langsam in den Himmel schieben. Je näher ich dem Festplatz komme, umso größer wird das Nicht-Mitkommen von November. Doch dann, als ich den Festplatz betrete, fegen der scheppernde Lärm und der wilde Tanz der Lichter die Traurigkeit und das Loch neben mir einfach weg. Alle sind hier, die ganze Schule. Die ganze Stadt. Der Boden vibriert unter meinen Füßen. Mir ist ein bisschen schwindelig. Über den Platz zieht der Geruch von Zuckerwatte und gebrannten Mandeln. Von allen Seiten hört man die

Lockrufe der Schausteller: *Hier geht's rrrrrrrrrund! Kommen Sie, kommen Sie! Sie werden es nicht bereuen! Jedes zehnte Los ein Hauptgewinn!* Bunte Lichter gehen an und aus.

Ich laufe auf der Suche nach Flip und Sofia durch das Gewühl. Wir haben uns am Losstand verabredet, aber da kann ich sie nicht entdecken. Ich drängle mich durch die Menge, und dann sehe ich die beiden am Hau-den-Lukas stehen. Sofia schlägt gerade mit voller Wucht den Hammer auf die Wippe. Der Puck saust in die Höhe. Fast im gleichen Moment sehe ich November am Stand mit den kandierten Äpfeln und gebrannten Mandeln stehen. Ich sehe ihre blauen Haare, das Sweatshirt, die Heelys. Erst denke ich, es ist eine Fata Morgana. Ich denke, das kann nicht sein. Dann denke ich: Natürlich kann das sein. Dann denke ich zwei Sachen gleichzeitig. Ich denke: Ich will hier weg. Und ich will zu ihr.

»Magdalena!«, ruft Sofia. Flip und sie haben mich entdeckt und winken mir wild zu. Ich weiß nicht, ob November meinen Namen gehört oder meinen Blick in ihrem Rücken gespürt hat, oder ob es Zufall ist, auf jeden Fall dreht sie sich jetzt um und schaut mich an.

Ein Moment wie ein Foto. Klick.

Rechts von mir stehen Flip und Sofia und winken.

Links von mir steht November und schaut mich an.

Ich gehe los, ich gehe in das Bild rein, gehe zu November, mit Beinen wie Pudding. Alleine über die Wiese zur Pipe zu gehen, kommt mir dagegen vor wie ein Klacks.

Ich weiß, dass Flip mich verstehen wird. Sofia werde

ich es später vielleicht erklären müssen, aber ich weiß, dass unsere Freundschaft das aushält. Ich bleibe direkt vor November stehen. Um uns herum ist alles still. Die Lichter, die Menschen, der Lärm der Maschinen, es ist, als hielten sie alle den Atem an. Ich habe das Gefühl, im Boden zu versinken, aber ich tue es nicht. Mein Herz donnert von innen gegen meinen Brustkorb. Mein Mund ist ganz trocken, als ich sage: »Ich war zu spät im Botanischen Garten.«

Novembers Bernsteinaugen. Die hellen Sprenkel erinnern mich an die goldenen Sonnenpunkte, an das November-Magdalena-Konfetti.

»Hauptsache, du warst da«, sagt November.

Hand in Hand gehen wir über den Rummel. Oder besser gesagt, ich laufe und November rollert. Sie hat seit langem mal wieder die Rollen an den Heelys. Obwohl es eben noch so war, dass ich mich durch alle durchdrücken musste, kommt es mir jetzt so vor, als ob die Leute uns Platz machen. Als ob sie auseinandergehen, damit November und ich zwischen ihnen durchgehen können. Zwei blaue Königinnen.

Vor dem Riesenrad bleibt November stehen, hält mir ihre zur Faust geballte Hand hin und öffnet sie: Es sind zwei Chips für das Riesenrad.

Wir stellen uns an, steigen in eine der Gondeln, setzen uns nebeneinander auf die Bänkchen, ein Mann schließt die kleine Tür hinter uns. Das Riesenrad dreht sich ein Stück. Genau so weit, dass die Nächsten in die Gondel nach uns einsteigen können. Stück für Stück steigen wir so auf in die Dämmerung. Hinauf in den Abendhimmel. November hat die Augen zu. Ich kann sehen, dass sie Gänsehaut hat. Ich schaue aus dem Fenster auf die Stadt, die immer kleiner werdenden Menschen. Dann sind wir ganz oben, am höchsten Punkt des Riesenrads. Die Stadt sieht von hier so klein aus. Wieder kommt mir der Gedanke, dass diese Stadt hier, dass mein Leben mit Arthur, Mama und Papa, dass das nur der Anfang einer großen Reise ist. Wieder spüre ich dieses Beben in mir.

November öffnet einen Spaltbreit die Augen.

»Du musst keine Angst haben«, sage ich. »Es ist schön.«

Sie öffnet die Augen ganz und schaut über den Festplatz. »Schön grässlich«, sagt November, reißt die Augen auf, greift nach meiner Hand. Ich halte ihre Hand ganz fest.

Dann ruckelt die Kabine, und wir fahren ein Stück bergab.

November seufzt erleichtert. Ich dagegen bin traurig, dass ich den Ort hier oben schon wieder verlassen muss. Ich könnte ewig dort oben bleiben. Herausgehoben aus allem.

»Ich fahre nach Hause«, sagt November jetzt. »Morgen früh werde ich abgeholt.« Sie kneift die Augen wieder ein Stück zusammen.

»Was?«, frage ich. Bestimmt habe ich mich verhört.

»Ich fahre nach Hause. Meine Mutter holt mich ab.«

»Wann kommst du zurück?«, frage ich.

Langsam lässt das Riesenrad unsere Gondel wieder zu Boden.

»In den nächsten Ferien vielleicht. Wenn ich Angie besuchen komme. Bald.«

Ich gucke aus dem Fenster und versuche, die Tränen zurückzuhalten, die sich hinter meinen Augen sammeln.

»Wir sehen uns doch wieder«, sagt November.

»Du könntest doch auch hierbleiben, wenn du es zu Hause eh nicht magst?«

»Ich mag es nicht, und trotzdem habe ich Heimweh«, sagt November. »Meine Mutter ist alleine in den Botanischen Garten gekommen. Ohne den Wachhund. Wir haben lange geredet, und dann hat sie mich nach Hause mitgenommen. Ich bin nur noch einmal zurückgekommen, weil ich dir tschüs sagen wollte.«

Ich fühle ein Ziehen in der Brust, weil November auch noch woanders hingehört, weil sie noch ein anderes Leben hat. Weit weg von mir.

»Du hast mir gar nicht erzählt, dass du hier bist, weil du beim Klauen erwischt worden bist«, sage ich. »Ich dachte, dass wir uns alles erzählen.«

»Alles, was wichtig ist, oder?«, sagt November und starrt auf ihre Schuhe.

Dann sind wir wieder ganz unten.

Da stehen wir dann, im Lärm und grellen Lichterschein, und wissen nicht, was wir sagen sollen. Flip und Sofia sind nirgends zu sehen. Es fängt an zu regnen. Inzwischen ist es schon fast dunkel. Ich muss los. Ich habe Mama versprochen, vor der völligen Dunkelheit zu Hause zu sein. Weil ich November für mich alleine haben will, bevor sie geht, auch wenn ich jetzt gerade sauer und traurig bin und nicht weiß, was ich mit ihr reden soll, nehme ich ihre Hand und ziehe sie in eine Straße, die auf einem Umweg zurück in die Stadt führt.

Auf halbem Weg überquert ein Fuchs direkt vor uns die leere Straße. Er ist klein und schmal und struppig. Als er uns bemerkt, bleibt er mitten auf der Straße stehen und sieht uns direkt an. Seine Augen leuchten im Dunkeln. Mir fällt das erste Mal auf, dass Novembers Augen Ähnlichkeit mit Fuchsaugen haben. Das gleiche Gelbbraun. Einen kurzen Moment später wendet er sich ab, läuft weiter seinen Weg, über die Straße, den Gehweg entlang, verschwindet dann in einem dunklen Gebüsch. Wir stehen da und schauen ihm hinterher, auch als er schon lange verschwunden ist.

»Ich habe es dir nicht gesagt, weil ich nicht wusste, ob du dann noch mit mir befreundet sein willst«, sagt November in die Stille hinein. »Ich hatte Angst, dass du mich nicht mehr magst, wenn du es weißt.«

Wir stehen an der Brücke in der Altstadt. Von hier aus müssen wir in verschiedene Richtungen.

»Wir könnten uns zum Abschied küssen«, schlägt November vor. »Wir küssen uns. Dann drehen wir uns gleichzeitig um und rennen los. Davor sagen wir noch *bis gleich*, dann ist es nicht so traurig.«

»Okay.« Ich muss schlucken. »Eine Sache noch ... Als du das Armband zurückgehängt hast. Du bist doch nicht ... also bist du da erwischt worden?«

»Nein, quatsch«, sagt November und lacht. »Ach so,

warte, ich habe noch ein Geschenk für dich.« Sie fummelt in ihrer Umhängetasche herum, und dann drückt sie mir ein kleines Buch in die Hand. Auf den Umschlag hat sie das Bild von uns beiden geklebt: wir in Nachthemden und mit blauen Haaren auf der Bank. Ein hellgelber Mond über uns. *Gedichte von Magdalena* steht vorne drauf.

»Du musst sie alle aufschreiben. Denk an das Universum. Es kann sehr beleidigt sein.«

Ich versuche zu grinsen, aber es klappt nicht. Ich kriege nur einen traurig schiefen Mund hin. Es fängt jetzt richtig an zu regnen. Ich schiebe das Buch unter meine Jacke, drücke es fest an mich.

»Danke«, sage ich.

»Bist du bereit?«, sagt November.

Novembers Lippen schmecken nicht nach Kinderzahnpasta oder so. Sie sind warm und ein bisschen trocken und schmecken einfach nur nach November.

»Bis gleich«, sagt November dann und rollert los.

Ich soll doch auch wegrennen. Aber ich stehe einfach nur da.

»Was ist jetzt eigentlich mit den Raunächten?«, rufe ich.

November bleibt stehen. »Menschen, die in den Raunächten geboren werden, bringen sich und anderen Glück!«, schreit sie durch den Regen. Dann dreht sie sich um, rollert weiter und verschwindet hinter der nächsten Ecke.

»Bis gleich!«, schreie ich. »Bis gleich. Bis gleich! Bis gleich!« Meine Stimme überschlägt sich, ich schreie gegen den Regen und gegen das Gewitter an. Ich schreie dagegen an, dass November nach Hause geht und mich hier in der Stadt alleine lässt.

Es donnert in der Ferne, und kurz darauf fährt ein gigantischer Blitz vom Himmel. Dann renne ich auch. Renne durch die Pfützen und es ist mir egal, dass ich total nass werde. Dass das Wasser von oben auf mich draufregnet und von unten über meine Schuhe und gegen meine Hosenbeine klatscht. Das Heft habe ich fest an meinen Bauch gedrückt.

Zu Hause kicke ich die Schuhe in die Ecke, lasse die nassen Anziehsachen irgendwo auf den Boden fallen und lege mich ins Bett, ziehe die Decke bis über den Kopf. Hier im Dunkeln schwappt die Traurigkeit der letzten Monate wie eine große Welle über mich. Ich weine. Das erste Mal seit Monaten. Ich weine darüber, dass Papa ausgezogen ist, November weg ist, darüber, dass alles immer ein Dazwischen ist. Dass ich keinen Moment festhalten kann. Ich weine so lange, bis ich das Gefühl habe, dass das Bett wegschwimmt in meinen Tränen. Auf dem schwimmenden Bett falle ich in einen unruhigen Schlaf.

Später, am Abend, setze ich mich an meinen Schreibtisch. Morgen ist der letzte Tag, an dem ich etwas für den Wettbewerb abgeben kann. Durch das Fenster kann ich den Mond sehen. Der ist heute nur halb und dreckig weiß, nicht gelb und voll. Ich schraube den Deckel von meinem Stift, nehme das neue Heft, schlage die erste Seite auf. Ganz oben in der Ecke steht mit himmelblauer Tinte geschrieben:

*Los, fang schon an! Und wenn wir dann später auf
der Bank sitzen, dann liest du mir vor. Alles.*
Ich muss lachen. Ich muss lachen und auch ein bisschen
weinen. Und auf einmal weiß ich genau, was ich schreiben will.

Für November

Manchmal tun die Dinge, die man nicht sieht,
am meisten weh.
Schnee, der vor langer Zeit gefallen ist.
Tränen, an die sich niemand erinnert.

Dann legen wir unsere Haut ab, um
die zu werden, die wir sind.

Vielleicht sind Worte wie Bären,
vielleicht können sie uns beschützen.
Vielleicht tragen wir die Orte,
an denen wir leben wollen, in uns.

Vielleicht.

Ganz sicher aber werde ich nie mehr
so einsam sein,
seit ich weiß, dass
derselbe Mond für uns beide
zu sehen ist.
Egal, wo auf der Welt wir gerade sind.